周作人著作

# 苦竹雜記

锺叔河——编订

岳麓書社·长沙

良友本《苦竹杂记》

# 编者的话

锺叔河



一九八七年一月七日《光明日报》上，岳麓书社刊出了我拟稿的一帧广告（左图），宣布了书社和我对重印周作人著作的观点：

“人归人，文归文。周作人其人的是非功过是另一问题，其书的主要内容是对传统文化和国民性进行反思，对中国—西方和中国—日本的文化历史进行比较研究，今之读者却不可不读。……”

随即便开始出书。既出周作人著作的单行本，也出精装合订本。两年之间，出了二十四种。

书当然不是想出便能出的，得按规矩，走程序。周家授权了，报告批复了，宋木文、杨牧之、伍杰各位领导都当面或来信表示应允和支持了，便能够出了。

出就得出好。当时强调了两条：（一）因为均系据旧本重印，所以一定要认真校订，尽力改正旧本误植失校的错误；（二）因为手稿不存，无法对勘，所以一定要详出校记，改动处一概保留原文，承担责任。

这两条，读者看来大都是认可的。直到如今，在旧书网上，八十年代“岳麓版”的周作人著作，始终都卖得不错。

现在，岳麓书社决定又来重版周作人著作，仍然要我负责编订，做法则一仍其旧。还是这些书，还是这两条，新的广告也就不必再做了。

鄢琨君三十年前和我同编了这些书，此次仍然合作，所有案头工作都是他做，各书重版说明也多是他写的。校记原列表在书末，如今改作尾注。鄢君新增校改之处，标出“鄢校”，特此说明，并志感谢。

二〇一八年五月十五日于长沙。

# 重版说明



《苦竹杂记》，一九三六年二月上海“良友图书印刷公司”初版，为“良友文学丛书之二十三”。有小引一篇，后记一篇，收文四十九篇。除《北大的支路》写于一九三〇年十二月、《谈土拨鼠》的补记写于一九三六年一月外，其馀均写于一九三五年，且多写于六月之后。其中《杜牧之句》《情理》曾收入《苦茶随笔》，《杜牧之句》作为该集《小引》。

“苦竹杂记”原是作者一九三五年六月至十一月间为上海《大公报·文艺副刊》撰写随笔的专栏名目。本集中有十三篇文章首刊该专栏，依序为《〈冬天的蝇〉》《刘青园〈常谈〉》《〈柿子的种子〉》《关于焚书坑儒》《孙黄绝命诗》《两国烟火》《文章的放荡》《笠翁与随园》《关于禽言》《畏天悯人》《〈岭南杂事诗钞〉》《儿时的回忆》《〈隅田川两岸一览〉》和《模糊》，本集《小引》即该专栏的小引，《后记》即该专栏的“题记”。

本社一九八七年七月据良友本校订印行，此次仍依该本加校重版。

# 目　录

# 小引



宝庆《会稽续志》卷四“苦竹”一条云：

山阴县有苦竹城，越以封范蠡之子，则越自昔产此竹矣。谢灵运《山居赋》曰，竹则四苦齐味，谓黄苦，青苦，白苦，紫苦也。越又有乌末苦，顿地苦，掉颡苦，湘簟苦，油苦，石斑苦。苦笋以黄苞推第一，谓之黄莺苦。孟浩然诗，岁月青松老，风霜苦竹馀。

苦竹有这好些花样，从前不曾知道，顿地掉颡云云仿佛苦不堪言，但不晓得味道与蕺山的蕺怎样。嘉泰《会稽志》卷十七讲竹的这一条中云：

苦竹亦可为纸，但堪作寓钱尔。

案绍兴制锡箔糊为“银锭”，用于祭祀，与祭灶司菩萨之太锭不同，其裱褙锡箔的纸黄而粗，盖即苦竹所制者欤。我写杂记，便即取这苦竹为名。《冬心先生画竹题记》第十一则云：

郦道元注《水经》，山阴县有苦竹里，里中生竹，竹多繁冗[1]不可芟，岂其幽翳殄瘁若斯民之馁也夫。山阴比日凋瘵，吾友舒明府瞻为是邑长，宜悯其凶而施其灌溉焉。予画此幅，冷冷清清，付渡江人寄与之，霜苞雪翠，触目兴感为何如也。

此蔼然仁人之言，但与不佞的意思却是没有干系耳。

廿四年六月十三日，于北平。

**【锺校】**

①“冗”原作“宂”。

# 《冬天的蝇》

这几天读日本两个作家的随笔，觉得很有兴趣。一是谷崎润一郎的《摄阳随笔》，一是永井荷风的《冬天的蝇》，是本年四五月间出版的。这两个人都是小说家，但是我所最喜欢的还是他们的随笔。说也凑巧，他们一样地都是东京人，就是所谓“江户子”，年纪都是五十出外，思想不大相同，可是都不是任何派的正宗。两人前不属自然派，后不属普罗文士，却各有擅场，谷崎多写“他虐狂”的变态心理，以《刺青》一篇出名，永井则当初作耽美的小说，后来专写市井风俗，有《露水的前后》是记女招待生活的大作。他们的文章又都很好，谷崎新著有《文章读本》，又有《关于现代口语文的缺点》一文收在《倚松庵随笔》中。我读他们两人的文章，忽然觉得好有一比，谷崎有如郭沫若，永井仿佛郁达夫，不过这只是印象上的近似，至于详细自然并不全是一样。

说到文章我从前也很喜欢根岸派所提倡的写生文，正冈子规之外，坂本文泉子与长冢节的散文，我至今还爱读，可是近来看高滨虚子的文集《新俳文》与山口青村的《有花的随笔》，觉得写是写得漂亮，却不甚满足，因为似乎具衣冠而少神气。古来的俳文不是这样的，大抵都更要充实，文字纵然飘逸幽默，里边透露出诚恳深刻的思想与经验。自芭蕉、一茶以至子规，无不如此，虽然如横井也有纯是太平之逸民，始终微笑地写那一部《鹑衣》者也不是没有。谷崎永井两人所写的不是俳文，但以随笔论我觉得极好，非现代俳谐师所能及，因为文章固佳而思想亦充实，不是今天天气哈哈哈那种态度。《摄阳随笔》里的《阴翳礼赞》与《怀东京》都是百十页的长篇，却值得一气读完，随处遇见会心的话，在《倚松庵[①]随笔》里有《大阪与大阪人》等一二篇也是如此。《冬天的蝇》内有文十篇，又附录旧稿八篇为一卷曰《墨滓》。卷首有序六行云：

> 讨人厌而长生着的人呀，冬天的蝇。想起晋子的这句诗，就取了书名。假如有人要问这意思，那么我只答说，所收的文章多是这昭和九年冬天起到今年还未立春的时候所写的也。还有什么话说，盖身老矣，但愈益被讨厌耳。乙亥之岁

二月，荷风散人识。

谷崎今年才五十，而文中常以老人自居，永井更长七岁，虽亦自称老朽，纸上多愤激之气，往往过于谷崎，老辈中唯户川秋骨可以竞爽，对于伪文明俗社会痛下针砭，若岛崎藤村诸人大抵取缄默的态度，不多管闲事了。《冬天的蝇》的文章我差不多都喜欢，第二篇云《枇杷花》，末云：

> 震灾后自从银座大街再种柳树的时候起，时势急变，连妓家酒馆的主人也来运动议员候补这种笑话现在想听也听不到了，但是这咖啡馆的店头也时常装饰着穿甲胄的武士土偶，古董店的趸卖广告上也要用什么布珍品之炮列运廉卖之商策这种文句了。
>
> 我喜欢记载口常所见闻的世间事件，然而却不欲关于这些试下是非的论断。这因为我自己知道，我的思想与趣味是太辽远地属于过去之废灭的时代也。……
>
> 在陋屋的庭园里野菊的花亦既萎谢之后，望着颜色也没有的枇杷花开着，我还是照常反复念那古诗，羁鸟恋旧林，池鱼思故渊。这样地，我这一身便与草木同样地徒然渐以老朽罢。

上文里仿佛可以看出些感伤的气味，其实未必尽然，三年前在《答正宗谷崎二氏的批评》中云：

大正三四年顷，我将题为《日和下驮》的《东京散策记》写完了。我到了穿了日和下驮（晴天屐）去寻访古墓，实在早已不能再立在新文学的先阵了。

所以他这种态度至少可以说是二十年来已是如此，他之被人讨厌或是讨厌人因此也由来已久，《冬天的蝇》不过是最近的一种表示罢了。前年出版的《荷风随笔》中有《讨厌话》与《关于新闻纸》两篇文章，对于文人记者加以痛骂，在《日和下驮》第一篇中也有很好的一段话，这乃是大正三年（一九一四）所写：

日本现在与文化已烂熟了的西洋大连的社会情形不同，不管资本有无，只要自己想做，可做的事业很不少。招集男女乌合之众，演起戏来，只须加上为了艺术的名号，就会有相当的看客来看。引动乡间中学生的虚荣心，募集投稿，则文学杂志之经营也很容易。借了慈善与教育的美名，迫胁软弱的职业艺员，叫他们廉价出演，一面强售戏券，这样开办起来，可以得到湿手捏小米的大赚头。从富豪的人身攻击起手，渐渐得了凶头子的名望，看到口袋充满的时候巧妙地摇身一变，成为绅士，摆出上流的模样，不久就可做到国会议员。这样看来，要比现在日本可做的事多而且容易的国家恐怕再也没有了。可是，假如有人看不起这样的处世法的，那么他宜自退让，没有别的法子。想要坐市内电车去赶路的人，非有每过车站时不顾什么面子体裁，把人家推开，横冲直撞地蹦上去的蛮勇不可。若是反省自己没有这样蛮勇，那么与其徒然在等候空的电车，还不如去找汽车不经过的小胡同，或是得免于街道改正之破坏的旧巷，虽然龟步迟迟，还是自己踯躅地去步行吧。在市内走路，本来并不一定要坐市设的电车的。只要忍受些许的迟延，可以悠悠阔步的路现在还是多有。同样地，在现代的生活上也并不一定如不用美洲式的努力主义去做便吃不成饭。只要不起乡下绅士的野心，留了胡子，穿了洋服，去吓傻子，即使身边没有一文积蓄，没有称为友人之共谋者，也没有称为先辈或头领之一种阿谀的对象，还可以经营优游自适的生活的方法并不很少。即使一样去做路边摆摊的小贩，与其留了胡子，穿了洋服，用演说口调作医学的说明，卖莫明其妙的药，我也宁可默然在小胡同的庙会里去烙了小棋子饼卖，或是捏面人儿也罢。

一抄就抄了一大串，我也知道这是不很妥当的。第一，这本不是《冬天的蝇》里边的文章。第二，永井的话在中国恐怕也难免于讨人厌。抄了过来讨人家的不喜欢，我们介绍人对于原作者是很抱歉的事，所以有点惶恐，可是翻过来说，原作者一句句的话说得对不对，我可以不必负责，因为这里并不是在背圣经也。

六月十五日。

【鄢校】

①“庵”原作“阁”。

# 谈金圣叹

关于金圣叹的事迹，孟心史先生在《心史丛刊》二集中收辑得不少。有些记圣叹临死开玩笑的事，说法不一致，但流传很广。王应奎《柳南随笔》云：

> 闻圣叹将死，大叹诧曰，断头至痛也，籍家至惨也，而圣叹以不意得之，大奇。于是一笑受刑。

许奉恩《里乘》转录金清美《豁意轩录闻》云：

> 弃市之日作家信托狱卒寄妻子，临刑大呼曰，杀头至痛也，灭族至惨也，圣叹无意得此，呜呼哀哉，然而快哉。遂引颈受戮。狱卒以信呈官，官疑其必有谤语，启缄视之，上书曰，字付大儿看，盐菜与黄豆同吃，大有胡桃滋味，此法一传，我无遗憾矣。官大笑曰，金先生死且侮人。

柳春浦《聊斋续编》卷四云：

金圣叹临刑时饮酒自若，且饮且言曰，割头痛事也，饮酒快事也，割头而先饮酒，痛快痛快。圣叹平日批评诗文每涉笔成趣，故临死不忘趣语，然则果痛耶快耶，恨不起圣叹问之。

毛祥麟《对山书屋墨馀录》卷一云：

当人瑞在狱时，付书于妻曰，杀头至痛也，籍没至惨也，而圣叹以无意得之，不亦异乎。

廖柴舟《二十七松堂集》卷十四《金圣叹先生传》云：

临刑叹曰，砍头最是苦事，不意于无意中得之。

柴舟生于清初，甚佩服圣叹，传后记曰："予过吴门，访先生故居而莫知其处，因为诗吊之，并传其略如此云。"查卷七有《汤中丞毁五通淫祠记》，后记云"予于丙子岁来吴"，计其时为康熙三十五年，距圣叹[1]之死亦正三十五年，此种传说已在吴中流行，如或可据则自当以廖说为近真耳。传中又记圣叹讲《圣自觉三昧经》事，说明圣叹字义及《古诗十九首》不可说事，皆未见他人记述。《唱经堂才子书汇稿》有矍斋二序，一曰《才子书小引》，署顺治己亥春日同学矍斋法记圣瑗书，有云：

唱经仆弟行也，仆昔从之学《易》，二十年

不能尽其事，故仆实以之为师。凡家人伏腊，相聚以嬉，犹故弟耳，一至于有所咨请，仆即未尝不坐为起立为右焉。

二曰《叙第四才子书》，即杜诗，署矍斋昌金长文识，无年月，盖在圣叹死后矣，末曰：

临命寄示一绝，有且喜唐诗略分解，庄骚马杜待何如句，余感之，欲尽刻遗稿，首以杜诗从事。

此又一说也。我们虽不能因此而就抹杀以前各种传说，但总可以说这金长文的话当最可靠，圣叹临死乃仍拳拳于其批评工作之未完成，此与胡桃滋味正是别一副面目也。顺治癸卯周雪客覆刻本《才子必读书》上有徐而庵序，其记圣叹性情处颇多可取，如云：

圣叹性疏宕，好闲暇，水边林下是其得意之处，又好饮酒，日辄为酒人邀去，稍暇又不耐烦，或兴至评书，奋笔如风，一日可得一二卷，多逾三日则兴渐阑，酒人又拉之去矣。

又云：

每相见，圣叹必正襟端坐，无一嬉笑容。同学辄道其饮酒之妙，余欲见之而不可得，叩其故，圣叹以余为礼法中人而然也。盖圣叹无我与人相，与则辄如其人，如遇酒人则曼卿轰饮，遇诗人则摩诘沉吟，遇剑客则猿公舞跃，遇棋客则鸠摩布算，遇道士则鹤气横天，遇释子则莲花绕座，遇辩士则珠玉随风，遇静人则木讷终日，遇老人则为之婆娑，遇孩赤则啼笑宛然也。以故称圣叹善者各举一端，不与圣叹交者则同声詈之，以其人之不可方物也。

圣叹之为人盖甚怪，在其临命时，与同学仍谈批书，故亦不妨对狱吏而说谐语欤？而庵序中又记圣叹刻书次第云：

同学诸子望其成书，百计怂恿之，于是刻《制义才子书》，历三年又刻王实甫《西厢》，应坊间请，止两月，皆从饮酒之暇诸子迫促而成者也。己亥评《唐才子书》，乃至键户，梓人满堂，书者腕脱，圣叹苦之，间许其一出。书成，即评《天下才子必读书》，将以次完诸才子书，明年庚子《必读书》甫成而圣叹死，书遂无序，诸子乃以无序书行。

廖柴舟传中亦云：

兹行世者，独《西厢》《水浒》《唐诗》《制义》《唱经堂杂评》诸刻本。

但《制义才子书》至今极少见，问友人亦无一有此书者，查《才子书汇稿》卷首所列“唱经堂外书总目”，其已刻过者只《第五才子书》《第六才子书》《唐才子书》《必读才子书》等四种，亦不见《制义》一种，不知何也。赖古堂《尺牍新钞》卷二有嵇永仁与黄俞邰书，说圣叹死后灵异，眉批云：

> 圣叹尚有《历科程墨才子书》，已刻五百叶，今竟无续成之者，可叹。

《尺牍新钞》刻于康熙元年壬寅，批当系周雪客笔，时在徐而庵为《才子必读书》作序前一年。矍斋、而庵、雪客的话应该都靠得住，总结起来大约《制义》还是刻而未成，所以说有亦可，说无亦未始不可也。

世传有鬼或狐附在圣叹身上，曰慈月宫陈夫人，又曰泐大师，钱牧斋《初学集》卷四十三有《天台泐法师灵异记》，记其事云，以天启丁卯五月降于金氏之乩，是也。释戒显著《现果随录》一卷，有康熙十年周栎园序，其十九则纪戴宜甫子星归事，附记云：

> 昔金圣叹馆戴宜甫香勋斋，无叶泐大师附圣叹降乩，余时往叩之，与宜甫友善。

这可以考见圣叹少时玩那鬼画符的时和地，也是很有兴味的事，但不知为何在他各才子书批评里却看不出一点痕迹。我不知道刻《西厢》的年代，只查出《水浒》序题崇祯十四年二月，或者事隔十三四年，已不复再作少年狡狯乎。

《心史丛刊》二集中云：

袁枚《随园诗话》，金圣叹好批小说，人多薄之，然其《宿野庙》一绝云："众响渐已寂，虫于佛面飞，半窗关夜雨，四壁挂僧衣。"殊清绝。按圣叹所著之文皆存于所批书中，其诗仅见随园称道一首。

刘继庄《广阳杂记》卷四，说蜀中山水之奇，后云：

唱经堂于病中无端忽思成都，有诗云："卜肆垂帘新雨霁，酒垆眠客乱花飞，馀生得到成都去，肯为妻儿一洒衣。"

圣叹在《杜诗解》卷二注中自引一首，云：

曾记幼年有一诗："营营共营营，情性易为工。留湿生萤火，张灯诱小虫。笑啼兼饮食，来往自西东。不觉闲风日，居然头白翁。"此时思之，真为可笑。

又圣叹内书《圣人千案》之第二十五中云：

昔者圣叹亦有一诗："何处谁人玉笛声，黄昏吹起彻三更，沙场半夜无穷泪，未到天明便散营。"

但此一首亦在《沉吟楼借杜诗》中，为末第二首，题曰《闻笛》，"未到"作"不得"。我却喜欢最末一首，以首二字为题曰《今春》：

今春刻意学庞公，斋日闲居小阁中，
为汲清泉淘钵器，却逢小鸟吃青虫。

瞿斋识语云：

唱经诗不一格，总之出入四唐，渊涵彼土，而要其大致实以老杜为归。兹附刻《借杜诗》数章，岂惟虎贲貌似而已。

《借杜诗》只二十五首，然尝鼎一脔，亦可知味矣。但刘袁二君所引不知又系何本，岂唱经堂诗文稿在那时尚有写本流传欤。

圣叹的散文现在的确只好到他所批书中去找了，在五大部才子书中却也可找出好些文章来，虽然这工作是很不容易。我觉得他替东都施耐庵写的《水浒传序》最好，此外《水浒》《西厢》卷头的大文向来有名，但我看《唐才子诗》卷一那些谈诗的短札实在很好，在我个人觉得还比洋洋洒洒的大文更有意思。《杜诗解》卷二，自《萧八明府实处觅桃栽》至《蚕起》，以四绝一律合为一篇，说得很是别致，其中这段批语也是一首好文章：

无量劫来，生死相续，无贤无愚，俱为妄想骗过。如汉高纵观秦皇帝，喟然叹曰，大丈夫当如此矣。岂非一肚皮妄想？及后置酒未央，玉

> 卮[②]上寿，却道，季与仲所就孰多？此时心满意足，不过当日妄想圆成。陈涉辍耕垄上曰，富贵无相忘。此时妄想与汉高无别，到后为王沉沉，不过妄想略现。阮嗣宗登广武观刘项战处曰，遂使孺子成名。亦是此一副肚肠，一副眼泪，后来身不遇时，托于沉冥以至于死，不过妄想消灭。或为帝王，或为草窃，或为酒徒，事或殊途，想同一辙。因忆为儿嬉戏时，老人见之，漫无文理，不知其心中无量经营，无边筹画，并非卒然徒然之事也。羊车竹马，意中分明国王迎门拥彗，县令负弩前驱；尘羹涂饭，意中分明盛馔变色，菜羹必祭；桐飞剪笏，榆落收钱，意中分明恭己垂裳，绕床阿堵。其为妄想，与前三人有何分别。

又《蚤起》题下批语亦佳，可算作一篇小文，原诗首句“春来常早起”下注云：

> 此句盖于未来发愿如此，若作过后叙述，便索然无味，则下句所云幽事皆如富翁日记帐簿，俗子强作《小窗清记》恶札，不可不细心体贴。

读之不禁微笑，我们于此窥见了一点圣叹个人的好恶，可知他虽然生于晚明，却总不是王百谷吴从先一流人也。

［附记一］一两个月前语堂来信，叫我谈谈金圣叹及李笠翁等人。这事大难，我不敢动手，因为关于文学的批评和争论觉得不能胜任。日前得福庆居士来信云：

> 雨中无事，翻寻唱经堂稿为之叹息。讲《离骚》之文只是残稿，竟是残了。庄骚马杜待何如，可叹息也。

看了记起金长文序中所说的诗，便想关于圣叹死时的话略加调查，拉杂写此，算是一篇文章，其实乃只几段杂记而已。对于圣叹的文学主张不曾说着一字，原书具在，朋友们愿意阐扬或歪曲之者完全自由，与不佞正是水米无干也。

买得日本刻《徐而庵诗话》一卷，盖即《而庵说唐诗》卷首，有文化丁丑星岩居士梁纬跋云：

> 余独于清人诗话得金圣叹徐而庵两先生，其细论唐诗透彻骨髓，则则皆中今人之病，真为紧要之话。

星岩本名梁川孟纬，妻名红兰，皆以诗名。

六月八日记于北平。

［附记二］闲步庵得《第四才子书》，有西泠赵时揖

声伯序；又贯华堂评选杜诗总识十馀则，多记圣叹事，今录其七八九则于下：

邵兰雪（讳点）云，先生解杜诗时，自言有人从梦中语云，诸诗皆可说，唯不可说《古诗十九首》，先生遂以为戒。后因醉后纵谈“青青河畔草”一章，未几而绝笔矣。明夷辍讲，青草符言，其数已前定也。

先生善画，其真迹吴人士犹有藏者，故论画独得神理，如所评王宰山水图及画马画鹘诸篇，无怪其有异样看法也。

先生饮酒，彻三四昼夜不醉，诙谐曼谑，座客从之，略无厌倦。偶有倦睡者，辄以新言醒之。不事生产，不修巾幅，谈禅谈道，仙仙然有出尘之致，殆以狂自好乎。余问邵悟非（讳然）先生之称圣叹何义，曰，先生云，《论语》有两喟然叹曰，在颜渊则为叹圣，在与点则为圣叹。此先生之自为狂也。

赵晴园生圣叹同时，所言当较可信，廖柴舟著传中说及《古诗十九首》与圣叹释义，盖即取诸此也。

七月二十五日又记。

【锺校】

①“叹”原作“欺”。

②“卮”原作“巵”。

# 《醉馀随笔》

从友人处得见《国风》杂志，登载洪允祥先生的《悲华经舍杂著》，其一为《醉馀随笔》，据王咏麟氏跋谓系宣统年间在上海时所作。全书才二三十则，多明达之语，如其一云：

> 韩柳并称而柳较精博，一辟佛，一知佛之不可辟也。李杜并称而李较空明，一每饭不忘君，一则篇篇说妇人与酒也。妇人与酒之为好诗料胜所谓君者多矣。

洪君盖学佛者，又性喜酒，故其言如此，虽似稍奇，却亦大有理。韩愈的病在于热中，无论是卫道或干禄，都是一样。谢肇淛《五杂组》卷十三云：

> 今人之教子读书，不过取科第耳，其于立身行己不问也，故子弟往往有登膴仕而贪虐恣睢者，彼其心以为幼之受苦楚政为今日耳，志得意满，不快其欲不止也。噫，非独今也。韩文公有

道之士也，训子之诗有一为公与相潭潭府中居之句，而俗诗之劝世者又有书中自有黄金屋等语，语愈俚而见愈陋矣。

盛大士《朴学斋笔记》卷七云：

明鹿门茅氏论次古文，取唐宋八大家为作文之准的，……而韩之三上宰相、应科目与时人诸书颇为识者所訾议，乃独录而存之。

又云：

昌黎与于襄阳书，盛夸其抱不世之才，卷舒不随乎时，文武惟其所用，此真过情之誉也。而曰志存乎立功，事专乎报主，古人有言，请自隗始，又隐然以磊落奇伟之人自命矣。乃云愈今日惟朝夕刍米仆赁之资是急，不过费足下一朝之享而已，又何其志之小也。唐人以文字干谒，贤者亦不以为讳，但昌黎根柢六经传世不朽之作后人不尽选读，而反读其干谒之文，何耶。

讲道统与干谒宰相，我看不出是两件事来，谢盛二公未免所见不广，乃欲强生分别，其实这里边只是一味烦躁，以此气象，达固不是诸葛一流，穷也不是陶一路也。如谢氏言，似歆羡公相亦不甚妨碍其为有道之士，如盛氏言，又似被訾议的干谒文字亦可与根柢六经之作共存共荣，只是后人不要多选读就行。或者韩愈对于圣道的意识正确无疑，故言行不一致照例并不要紧亦未可知，我辈外人不能判断，但由我主观看去总之是满身不快活，辟不辟佛倒还在其次，因为这也只是那烦躁之一种表示耳。关于李杜，不佞虽并不讴歌杜甫之每饭不忘，却不大喜欢李白，觉得他夸，虽然他的绝句我也是喜欢的。这且按下不提，再说洪君的随笔又有一则云：

《甲申殉难录》某公诗曰，愧无半策匡时难，只有一死答君恩。天醉曰，没中用人死亦不济事。然则怕死者是欤？天醉曰，要他勿怕死是要他拼命做事，不是要他一死便了事。

此语极精。《颜氏学记》中亦有相似的话，却没有说得这样彻透。近来常听有人提倡文天祥陆秀夫的一死，叫大家要学他，这看值得天醉居士的一棒喝。又一则云：

去年游西湖深处，入一破寺，见一僧负锄归，余揖之曰，阶上冬瓜，和尚要他何用？僧曰，只是吃的。曰，恐吃不下许多。曰，一顿吃一个饱。曰，和尚也要饱。曰，但求一饱，便是和尚。至今思之，此僧不俗。

此僧与此居士真都不俗。十多年前曾在北京某处教员休息室中每周与洪君相遇，惜不及共作冬瓜问答，真是失之交臂，至今展读遗语，更觉得真真可惜也。

六月。

# 关于王韬

《扶桑游记》三卷，王韬撰，明治十三年庚辰（一八八〇）东京栗本氏出版，铅印竹纸，凡三册。王氏以清光绪五年己卯（一八七九）春往日本，至秋归上海，所记自闰三月初七日起至七月十五日止，凡一百二十八日，罗尔纲先生所见《东游缟纻录》盖其一部分，即上半也。黄公度作《日本杂事诗》成即在是年，《游记》卷中四月二十二日致余元眉书中亦云：“此间黄公度参赞撰有《日本杂事诗》，不日付诸手民，此亦游宦[①]中一段佳话。”但他自己只是“日在花天酒地中作活，几不知有人世事”，对于日本社会文化各方面别无一点关心。在四月三十日条下有一节云：

> 日东人士疑予于知命之年尚复好色，齿高而兴不衰，岂中土名士从无不跌宕风流者乎。余笑谓之曰，信陵君醇酒妇[②]人，夫岂初心。鄙人之

为人狂而不失于正，乐而不伤于淫，具国风好色之心，而有《离骚》美人之感，光明磊落，慷慨激昂，视货财如土苴，以友朋为性命，生平无忤于人，无求于世，嗜酒好色，乃所以率性而行，流露天真也，如欲矫行饰节以求悦于庸流，吾弗为也。王安石囚首丧面以谈诗书，而卒以亡宋；严分宜读书钤山堂十年，几与冰雪比清，而终以偾明。当其能忍之时，伪也。世但知不好色之伪君子，而不知真好色之真豪杰，此真常人之见哉。

他们这种名士派的才情本来我别无什么意见，但是这篇辩解文章读了觉得很不愉快，文情皆浮夸不实，其人至多可比袁子才，若李笠翁郑板桥还是赶不上了。在东京招待王氏的诸友人中有冈千仞者，于明治十七年甲申（一八八五）来中国游历，著有沪上苏杭燕京粤南等日记共十卷，总称《观光纪游》，于丙戌分三册出版，其中有关于王氏的纪事可供参考。卷四《沪上日记》九月八日条下云：

访紫诠，小酌。曰，余欲再游贵邦，不复为前回狂态，得买书资则足矣。余笑曰，先生果能不复为故态乎。紫诠大笑。紫诠不屑绳墨局束，以古旷达士自处。李中堂曰，紫诠狂士也，名士也。六字真悉紫诠为人。

卷一《航沪日记》六月八日条下云：

> 过乐善堂，晚餐。吟香曰，紫诠数说头痛，如不胜坐者，恐瘾毒。

又九日条下云：

> 张经甫葛子源范蠡泉姚子让来访。谈及洋烟流毒中土，余曰，闻紫诠近亦嗜洋烟。子源曰，洋烟盛行或由愤世之士借烟排一切无聊，非特误庸愚小民，聪明士人亦往往婴其毒。

此言王氏吸雅片，而辩护者又托辞于志士以此遣愁，此说最无聊，也极不可信。信陵君的事我们不知道，若平常一文人或下第或罢官，便自以为宇宙间最大冤屈，沉溺于酒色，或并吸大烟，真者已可笑，假者无非饰词纵欲耳。《晋书》记文帝欲为武帝求婚于阮籍，籍醉六十日，不得言而止，如此之事可谓不得已，但岂平常的人所能模仿。卷七《沪上再记》十二月七日记在聚丰园与王紫诠晚餐事云：

> 洋烟盛行，酒亭茶馆皆无不具。曰，吃烟守度不必为害，其人往往保六七十寿。又曰，吃烟过度为瘾，可畏，唯不受他病。此皆顺为之辞者。

所云“曰”者，盖皆紫诠之词也。又二十三日与寺田望南访紫诠，晚会于聚丰园，来者八九人：

望南观诸君就床吃洋烟，讶甚，曰洋烟果不可遏乎。紫诠曰，遏之极易。问之，笑曰，吃者杀之莫赦。又曰，洋烟何害，人固有以酒色致病而死者，以酒食之乐有甚于生者也，其死于烟毒何异死于酒色。此言虽戏有一理。

照这两节看来，王氏的吃烟的态度更是明白，这已经不是排闷而完全为的是享乐了。冈氏系王之旧友，弄词章而又谈经济，对于中国的洋烟深恶痛绝，日记中屡见，乙酉一月二日记与望南参观烟窟事云：

入室内，男女横卧吃洋烟，颜无人色，为行僵尸间之思。一人炽炭，大釜煎物，恶臭满室。望南问何物，曰制烟膏也。望南色然曰，此胜母里，盍回车。

卷二《苏杭日记》八月一日条下云：

余私谓非一洗烟毒与六经毒，中土之事无可下手。

则又决然下断语，持与王紫诠的话相较，觉得此二游记的著者盖不可同日而语矣。冈氏所云六经毒，不独指科举制艺，并包括考据义理在内，可谓有识。王氏在同光之际几为知识界的权威，但脱不去名士才子气，似乎终于是一个清客，不过在太平之时专门帮闲，乱世则帮忙而已。

六月廿四日。

【锺校】

①“宦”原作“官”。

②“妇”原作“美”。

# 关于焚书坑儒

《雅笑》三卷，题李卓吾汇辑，姜肇昌校订并序，卷三有《坑儒》一则云：

人皆知秦坑儒，而不知何以坑之。按卫宏《古文奇字序》，秦始皇密令人种瓜于骊山型谷中温处，瓜实成，使人上书曰瓜冬实[①]。有诏下博士诸生说之，人人各异，则皆使往视之，而为伏机，诸儒生皆至，方相难不决，因发机从上填之以土，皆压死。

眉批有云：

秦始皇知瓜冬实儒者必多饶舌，岂非明主。

又云：

儒者凡谈说此等事原可厌，宜坑，秦始皇难其人耳。

这究竟是否出于李卓吾之手本属疑问，且不必说，但总是批得很妙，其痛恶儒生处令人举双手表同意也。

金圣叹批《西厢》《水浒》，时常拉出秀才来做呆鸟的代表，总说宜扑，也是同样的意思，不过已经和平得多也幽默得多了。为什么呢？秦之儒生本来就是明朝秀才的祖宗，他们都是做八股和五言八韵的朋友，得到赋得瓜冬实的好题目怎能不技痒，如或觉得可厌，“扑”也就很够了，那么大规模地伏机发机未免有点小题大做了。秦始皇的小题大做也不只是坑儒这一件，焚书的办法更是笨得可以。清初有曲江廖燕者，著《二十七松堂文集》十六卷，卷一有《明太祖论》，是天下妙文，其中有云：

> 吾以为明太祖以制义取士与秦焚书之术无异，特明巧而秦拙耳，其欲愚天下之心则一也。

后又申言之曰：

> 且彼乌知诗书之愚天下更甚也哉。诗书者为聪明才辨之所自出，而亦为耗其聪明才辨之具，况吾有爵禄以持其后，后有所图而前有所耗，人日腐其心以趋吾法，不知为法所愚，天下之人无不尽愚于法之中，而吾可高拱而无为矣，尚安事焚之而杀之也哉。

又云：

> 明制，士惟习四子书，兼通一经，试以八股，号为制义，中式者录之。士以为爵禄所在，

日夜竭精敝神以攻其业，自四书一经外咸束高阁，虽图史满前皆不暇目，以为妨吾之所为，于是天下之书②不焚而自焚矣。非焚也，人不复读，与焚无异也。

我们读了此文，深知道治天下愚黔首的法子是考八股第一，读经次之，焚书坑儒最下。盖考八股则必读经，此外之书皆不复读，即不焚而自焚，又人人皆做八股以求功名，思想自然统一醇正，尚安事杀之坑之哉。至于得到一题目，各用其得意之做法，或正做或反做，标新立异以争胜，即所谓人人各异，那也是八股中应有之义，李卓吾以为讨厌可也，金圣叹以为应扑亦可也，若明太祖与廖燕当必能谅解诸生的苦心而点头微笑耳。秦始皇立志欲愚黔首，看见儒生如此热心于文章，正应欢喜奖励，使完成八股之制义，立万世之弘基，庶乎其可，今乃勃然大怒而坑杀之，不惟不仁之甚，抑亦不智之尤矣。中国臣民自古喜做八股，秦暴虐无道，焚书以绝八股的材料，坑儒以火八股的作者，而斯文之运一厄，其后历代虽用文章取士，终不得其法，至明太祖应天顺人而立八股，至于今五百馀年风靡天下，流泽孔长焉。破承起讲那一套的八股为新党所推倒，现在的确已经没有了，但形式可灭而精神不死，此亦中国本位文化之一，可以夸示于世界者欤。新党推倒土八股，赶紧改做洋八股以及其他，其识时务之为俊杰耶，抑本能之自发，或国运之所趋耶。总之都是活该。诸君何不先读熟一部《四书味根录》，吾愿为新进作家进一言。

七月。

［附记］《文饭小品》第六期上有施蛰存先生的《无相庵断残录》，第五则云《八股文》，谈及廖燕的文章，云《二十七松堂集》已有铅印本，遂以银六元买了来。其实那日本文久二年（一八六二）的柏悦堂刊本还不至于“绝无仅有”，如张日麟的铅印本序所说，我就有一部，是以日金二圆买得的。名古屋的“其中堂”书店旧书目上几乎每年都有此书，可知并不难得，大抵售价也总是金二圆，计书十册，木板皮纸印，有九成新，恐怕还是近时印刷的。中国有好事家拿来石印用白纸装订，亦是佳事，卖价恐亦不必到六元吧。

十一月廿五日，校阅时记。

**【锺校】**

①“瓜冬实”原作“冬瓜实”。

②“之书”原作“书之”，下同。

# 孙蕡绝命诗

清初梁维枢仿《世说新语》撰《玉剑尊闻》十卷，卷七伤逝类下有一则云：

孙蕡为蓝玉题画坐诛，临刑口占曰，鼍鼓三声急，西山日又斜，黄泉无客舍，今夜宿谁家。

日本诗集《怀风藻》卷首录大津皇子作四首，其临终一绝云：

金乌临西舍，鼓声催短命。

泉路无宾主，此夕谁家向。

二诗用意几全相同。案蓝玉被诛在洪武二十六年，即西历一三九三年，大津皇子于朱鸟元年赐死，当唐中宗嗣圣三年，即西历六六六年也。《怀风藻》有大津皇子小传云：

皇子者净御原帝之长子也，状貌魁梧，器宇峻远，幼年好学，博览而能属文，及壮爱武，多力而能击剑。性颇放荡，不拘法度，降节礼士，由是人多附托。时有新罗僧行心解天文卜筮，诏皇子曰，太子骨法不是人臣之相，以此久在下位，恐不全身。因进逆谋，迷此诖误，遂图不轨，呜呼惜哉。蕴彼良才，不以忠孝保身，近此奸竖，卒以戮辱自终。古人慎交游之意，因以深哉。时年二十四。

《日本书纪》云：

皇子大津及长辨有才学，尤爱文笔，诗赋之兴自大津始也。

其后纪淑望在《古今和歌集》序中亦云，“大津皇子始作诗赋”。《书记》成于养老四年，当唐玄宗开元八年，即西历七二〇年，所言当有所据。《怀风藻》序题天平胜宝三年，当玄宗天宝十年，即西历七五一年，则列大津第三，其上尚有大友皇子河岛皇子二人，序中叙天智天皇时云：

旋招文学之士，时开置醴之游，当此之际，宸翰垂文，贤臣献颂，雕章丽笔，非唯百篇，但时经乱离，悉从煨烬，言念湮灭，轸悼伤怀。

大友河岛均天智天皇子，大友嗣位，会壬申乱作被害，天武天皇代之而立，大津则天武子也。林罗山文集载《怀风藻》跋云：

本朝之文集者，《怀风藻》盖其权舆乎，诚

是片言只字足比拱璧镒金也。虽纪淑望之博洽，称大津皇子始作词赋，而今《怀风藻》载大友皇子诗于大津上，然则大友先大津必矣。

《大日本史》亦云：

天皇（案弘文天皇，即大友皇子）崩时，大津皇子年仅十岁，天皇之言诗先大津可知矣。

这所说的话大抵是不错的，天智时代诗赋或者已很发达，因为壬申之乱却悉毁灭，一方面大津皇子或者也确有才华，可以当作那时代的首领亦未可知，虽然在《怀风藻》所录的四首里也看不出来。但是，临终一绝总是很特别的东西。《怀风藻》一卷共诗百十六首，以侍宴从驾与宴集游览占大多数，临终之作只有一首，而这正是大津皇子的。释清潭在《怀风藻新释》中云，虽是平平之语，却哀哀之极。在此八十年间六十四人中，大津皇子即非首出的诗人，亦终是最有特色的一个了。他的辞世诗在七百年后不意又在南京出现，可谓奇绝。我们仔细思索，觉得可以想出 个解释，这正如金圣叹临刑的家信一样，可以说是应有而未必实有的。这当然是属于传说部类，虽然其真实性与历史有殊，其在文艺上的兴味却并无变动，往往反是有增而无减也。

七月。

[附记] 十月三十一日上海《立报》载大佛君的《近人笔记中几笔糊涂账》，末一节云：

> 近日某君记湖南名士叶德辉绝笔诗，谓叶在临刑时索笔纸写五言一绝，诗为"慢擂三通鼓，西望夕阳斜，黄泉无客店，今夜宿谁家"。此亦张冠李戴者欤。盖叶以"农运方兴，稻粱[①]粟麦黍稷，杂种出世；会场扩大，马牛羊鸡犬豕，六畜成群"一联贾祸，则为事实。至于上述诗有谓系金圣叹临刑之口占，有谓系徐文长所作，虽不知究出何人手笔，但成在叶氏之前则可无疑，况此诗又并未见佳也。

此与孙蕡诗甚相似，唯又说是叶大先生作，则又迟了五百年了。徐文长金圣叹二说未曾听过，存记于此，以广异闻。

廿四年十一月三日记于北平。

【锺校】

①"粱"原为"梁"。

# 《煮药漫抄》

永井荷风随笔集《冬天的蝇》中有一篇文章，题曰《十九岁的秋天》，记明治三十年（一八九七）他十九岁时住上海的事，末题甲戌十月记，则已是五十七岁了。起首处云：

就近年新闻纸上所报道的看去，东亚的风云益急，日华同文的邦家也似乎无暇再订善邻之谊了。想起在十九岁的秋天我曾跟了父母去游上海的事情，真是恍有隔世之感。

在小时候，我记得父亲的书斋和客房的壁龛中挂着何如璋叶松石王漆园这些清朝人所写的字幅。盖父亲喜欢唐宋的诗文，很早就与华人订文墨之交也。

何如璋是清国的公使，从明治十年（一八七七）顷起，很久的驻扎在东京。

叶松石也是在那时候被招聘为外国语学校教

授的最早的一个人，曾经一度归国，后再来游，病死于大阪。遗稿《煮药漫抄》的头上载有诗人小野湖山所作的略传。

每年到了院子里的梅花将要散落的时候，客房的壁龛里一定挂起何如璋挥毫的东坡的绝句，所以到了老耄[①]的今日，我也还能暗诵左记的二十八字：

梨花浅白柳深青　柳絮飞时花满城

惆怅东栏一树雪　人生看得几清明

何如璋这人大约很见重于明治的儒者文人之间，在那时候刊行的日本人的诗文集里，几乎没有不载何氏的题字或序以及评语的。



《煮药漫抄》我很有运气得到了两本，虽然版本原是一个，不过一是白纸一是黄纸印的罢了。此书刻于光绪十七年（一八九一），去今不远，或者传布不多，故颇少见。书凡两卷，著者叶炜号松石，嘉兴人。同治甲戌（一八七四）受日本文部省之聘，至东京外国语学校为汉文教师，时为明治七年，还在中国派遣公使之前。光绪六年庚辰（一八八〇）夏重游日本，滞大阪十阅月，辛巳暮春再客西京，忽患咯血，病中录诗话，名之曰《煮药漫抄》者，纪实也。小野湖山序之云：

余向闻其婴病，心窃悯之。顷者福原公亮寄示《煮药闲抄》一册云：是松石病中所录，以病不愈去，临去以属余者，海涛万里，其生死未可知，子其序之。余见书名怆然，读小引益悲，因思公亮之言则复不胜潸然也。

据此可知荷风所云病死于大阪的话不确，卷末松石识语时在乙酉（一八八五），前有朱百遂庚寅（一八九〇）序，松石正在江宁，“隐于下僚”也。松石以诗人东游，比黄公度还早三年，乃《漫抄》中了不说及日本风物，只有一二人名而已。湖山翁叙其再来时事云：“流寓平安浪华间，身外所赍，破砚残毫耳。”今阅诗话，不免惜其稍辜负此笔砚，未能如黄君之多拾取一点诗料回来也。

何如璋是中国派赴日本的第一任使臣，黄公度就是跟了他做随员去的。《日本杂事诗》后有石川英的跋，其一节云：

今上明治天皇十年（光绪二年），大清议报聘，凡汉学家皆企踵相望，而翰林院侍讲何公实膺大使任。入境以来，执经者问字者乞诗者，户外屦满，肩趾相接，果人人得其意而去。

荷风所云见重于儒者文人之间大约也是事实。但是前后不过七八年，情形便大不相同了。光绪十年甲申

(一八八四)中法之役，何如璋在福建与其事，冈千仞在《沪上日记》(《观光纪游》卷四)中纪之曰：

八月廿八日曾根俊虎来，曰明日乘天城舰观福州战迹，因托木村信卿所嘱书柬寄何子峨。信卿坐为子峨制日本地图下狱，冤白日子峨已西归，故嘱余致意子峨。何意此战子峨管造船局，当战发狼狈奔窜，为物论之所外。人间祸福，何常之有，为之慨然。

又曰：

九月十八日闻曾根氏归自福州，往见问战事。曰，法将孤拔将六舰进战，次将利士卑将五舰在后策应，事出匆卒，万炮雷发。中兵不遑一发炮，死伤千百，二将奏全捷，徐徐率诸舰出海口。战后二旬，海面死尸无一检收者，洋人见之曰，殆无国政也。问何子峨，曰，造船局兵火荡然，见子峨于一舍，颜无人色。其弃局而遁，有官金三十万，为溃兵所攫去，其漫无纪律概类是②。

文人本来只能做诗文，一出手去弄政事军务，鲜不一败涂地者。岳飞有言，天下太平要文官不爱钱，武官不怕死。我觉得现在的病却是在于武人谈文，文人讲武。武人高唱读经固无异于用《孝经》退贼，文人喜纸上谈兵，而脑袋瓜儿里只有南渡一策，岂不更为何子峨所笑乎。

七月。

【锺校】

①“耄”原作“髦”。

②“类是”原作“是类”。

# 刘青园《常谈》

近来随便翻阅前人笔记，大抵以清朝人为主，别无什么目的，只是想多知道一点事情罢了。郭柏苍著《竹间十日话》序云：

> 十日之话阅者可一日而毕，阅者不烦，苟欲取一二事以订证则甚为宝重，凡说部皆如此。药方至小也，可以已疾。开卷有益，后人以一日之功可闻前人十日之话，胜于闲坐围棋挥汗观剧矣。计一生闲坐围棋挥汗观剧，不止十日也。苍生平不围棋不观剧，以围棋之功看山水，坐者未起，游者归矣。以观剧之功看杂著，半晌已数十事矣。

这一节话说得极好。我也是不会围棋的，剧也已有三十年不观了，我想匀出这种一点工夫来看笔记，希望得到开卷之益，可是成绩不大好，往往呆看了大半天，正如旧友某氏说，只看了一个该死。我的要求本来或者未免稍苛亦未可知，我计较他们的质，又要估量他们的文。所以结果是谈考据的失之枯燥，讲义理的流于迂腐，传奇志异的有两路，风流者浮诞，劝戒者荒谬，至于文章写得干净，每则可以自成一篇小文者，尤其不可多得。我真觉得奇怪，何以中国文人这样喜欢讲那一套老话，如甘蔗滓的一嚼再嚼，还有那么好的滋味。最显著的一例是关于所谓逆妇变猪这类的纪事。在阮元的《广陵诗事》卷九中有这样的一则云：

宝应成安若康保《皖游集》载太平寺中一豕现妇人足，弓样宛然，同游诧为异，余笑而解之曰，此必妒妇后身也，人彘之冤今得平反矣，因成一律，以《偶见》命题云。忆元幼时闻林庚泉云，曾见某处一妇不孝其姑遭雷击，身变为彘，唯头为人，后脚犹弓样焉[①]，越年馀复为雷殛死。始意为不经之谈，今见安若此诗，觉天地之大事变之奇，真难于恒情度也。惜安若不向寺僧究其故而书之。

阮云台本非俗物，于考据词章之学也有成就，乃喜记录此等恶滥故事，殊不可解，且当初不信林庚泉，而后来忽信成安若以至不知为谁之寺僧，尤为可笑。世上不乏妄人，编造《坐花志果》等书，灾梨祸枣，汗牛充栋，几可自成一库，则亦听之而已，雷塘庵主奈何也落此窠臼耶。中国人虽说是历来受儒家的熏陶，可是实在不能达到“未能事人焉能事鬼”的态度，一面固然还是“未知生”，一面对于所谓腊月二十八的问题却又很关心，于是就参照了眼前的君主专制制度建设起一个冥司来，以寄托其一切的希望与喜惧。这是大众的意志，读书人原是其中的一分子，自然是同感的，却要保留他们的优越，去拿出古人说的本不合理的“神道设教”的一句话来做解说，于是士大夫的神学也就成立了。民间自有不成文的神话与仪式，成文的则有《玉历钞传》《阴骘文》《感应篇》《功过格》，这在读书人的书桌上都是与孔教的经有并列的资格的。照这个情形看来，中国文人思想之受神道教的支配正是不足怪的事情，不过有些杰出的人于此也还未能免俗，令人觉得可惜，因此他们所记的这好些东西只能供给我们作材料，去考证他们的信仰，却不足供我们的玩味欣赏了。

对于鬼神报应等的意见我觉得刘青园的要算顶好。青园名玉书，汉军正蓝旗，故书署辽阳玉书，生于乾隆三十二年（一七六七），所著有《青园诗草》四卷，《常谈》四卷，行于世。《常谈》卷一有云：

鬼神奇迹不止匹夫匹妇言之凿凿，士绅亦尝

及之。唯余风尘斯世未能一见，殊不可解。或因才不足以为恶，故无鬼物侵陵，德不足以为善，亦无神灵呵护。平庸坦率，无所短长，眼界固宜如此。

又云：

言有鬼言无鬼，两意原不相背，何必致疑。盖有鬼者指古人论鬼神之理言，无鬼者指今人论鬼神之事言。

这个说法颇妙。刘本[②]系儒家，反释道而不敢议周孔，故其说鬼神云于理可有而于事则必无也。又卷三云：

余家世不谈鬼狐妖怪事，故幼儿辈曾不畏鬼，非不畏，不知其可畏也。知狐狸，不知狐仙。知毒虫恶兽盗贼之伤人，不知妖魅之祟人，亦曾无鬼附人之事。又不知说梦占梦详梦等事。

又一则列举其所信，有云：

信祭鬼神宜诚敬，不信鬼神能监察人事。信西方有人其号为佛，不信佛与我有何干涉。信圣贤教人以伦常，不信圣贤教人以诗文。信医药可治病[③]，不信灵丹可长生。信择地以安亲，不信风水能福子孙。信相法可辨贤愚邪正，不信面目能见富贵功名。信死亡之气疠疫之气触人成疾，不信殃煞扑人疫鬼祟人。信阴阳和燥湿通蓄泄有时为养，不信精气闭涸人事断绝为道。信活泼为生机，不信枯寂为保固。信祭祀祖先为报本追远，不信冥中必待人间财物为用。似此之类不一而足，忆及者志之，是非亦不问人，亦不期人必宜如此。

此两则清朗通达，是儒家最好的境地，正如高骏烈序文中所说，“使非行己昭焯，入理坚深，事变周知，智识超旷，何以及此”，不算过誉，其实亦只是懂得人情物理耳，虽然他攻异端时往往太有儒教徒气，如主张将“必愿为僧者呈明尽宫之”，也觉得幼稚可笑。卷三又论闱中果报云：

乡会两闱，其间或有病者疯者亡者缢者刎者，士子每惑于鬼神报复相骇异。余谓此无足怪。人至万众，何事不有，其故非一，概论之皆名利萦心，得失为患耳。当其时默对诸题，文不得意，自顾绝无中理，则百虑生焉，或虑贫不能归，或忧饥寒无告，或惧父兄谴责，或耻亲朋讪笑，或债负追逼，或被人欺骗，种种虑念皆足以致愚夫之短见，而风寒劳瘁病亡更常情也，恶足怪。若谓冤鬼缠扰，宿孽追寻，何时不可，而必俟场期耶。倘其人不试，将置沉冤于不问乎。此理易知，又何疑焉。人每津津谈异，或以警士子之无行者，然亦下乘矣。犹忆己酉夏士子数人肄业寺中，谈某家闺阃事甚媟，一士摇手急止之曰，不可不可，场期已近，且戒口过，俟中后再谈何害。噫，士习如此，其学可知。

在《乡闱纪异》这类题目的故事或单行本盛行的时候，能够有如此明通的议论，虽然不过是常识，却也正是卓识了。卷一又有一则，论古今说鬼之异同，也是我所喜欢的小文：

说鬼者代不乏人，其善说者唯左氏晦翁东坡及国朝蒲留仙纪晓岚耳，第考其旨趣颇不相类。盖左氏因事以及鬼，其意不在鬼。晦翁说之以理，略其情状。东坡晚年厌闻时事，强人说鬼，以鬼自晦者也。蒲留仙文致多辞，殊生鬼趣，以鬼为戏者也。唯晓岚旁征远引，劝善警恶，所谓以鬼道设教，以补礼法所不足，王法所不及者，可谓善矣，第搢绅先生夙为人望，斯言一出，只恐释黄巫觋九幽十八狱之说借此得为口实矣。

以鬼道设教，既有益于人心世道，儒者宜赞许之，但他终致不满，这也是他的长处，至少总是一个不夹杂道士气的儒家，其纯粹处可取也。又卷三有一则云：

余巷外即通衢，地名江米巷，车马络绎不绝。乾隆年间有重车过辙，忽陷其轮，启视之，井也，盖久闭者，因负重石折而复现焉。里人因而汲饮，亦无他异，而远近好事者遂神其说，言龙见者，言出云者，言妖匿者，言中毒者，有窥探者，倾听者，惊怪者，纷纷不已。余之相识亦时来询访，却之不能，辨之不信，聒噪数月始渐息。甚矣，俗之尚邪，无怪其易惑也。

此事写得很幽默，许多谈异志怪的先生们都受了一番奚落，而阮云台亦在其中，想起来真可发一笑。

七月十八日于北平。

【锺校】

①“焉”原作“马”。

②“本”原作“家”。

③“治病”原作“病治”。

# 《柿子的种子》

寺田寅彦是日本现今的理学博士，物理学专家，但是，他原是夏目漱石的学生，又是做俳句写小文的，著有《薮柑子集》等几种文集。本来科学家而兼弄文学的人世间多有，并不怎么奇特，关于寺田却有一段故事，引起我的注意。据说在夏目的小说《我是猫》里有寺田描写在那里，这就是那磨玻璃球的理学士水岛寒月。《猫》里主客三人最是重要，即寒月，美学者迷亭，主人苦沙弥，他们只要一出台，场面便不寂寞。我们不会把小说当作史传去读，所以即使熟读了《猫》也不能就算了解薮柑子的生涯，但不知怎地总因此觉得有点面善，至少特别有些兴趣。寺田的随笔我最近看到的是一册《柿子的种子》，都是在俳句杂志《涩柿》上登过的小文，短的不到百字，长的也只五百字左右。计算起来，现在距离在《保登登几须》（杂志名，意云子规，夏目的《猫》即载其中）

做写生文的时候已经有三十年了，寒月当时无论怎样有飘逸之气，于今未必多有留馀了吧。他在末尾一篇《说小文》中说：

假如那学生读了《薮柑子集》，从这内容上自然可以想像出来的昔时年青的薮柑子君的面影，再将现在这里吸着鼻涕涉猎《性的犯罪考》的今已年老的自己的样子，对照了看，觉得很是滑稽，也略有点儿寂寞。

但是叶松石在所著《煮药漫抄》中说得好："少年爱绮丽，壮年爱豪放，中年爱简练，老年爱淡远。"虽然原是说诗，可通于论文与人。若在俳人，更不必说。其或淡或涩，盖当然矣。

托了无线电放送的福，我初次得到听见安来节和八木节这些歌曲的机会。

这在热闹之中含有暗淡的绝望的悲哀。

我不知道为什么连想起霜夜街头洋油灯的火光来。（案此系指地摊上所点的无玻璃罩的洋铁煤油灯。）

但是，无论怎么说，此等民谣总是从日本的地底下发出来的吾辈祖先之声也。

看不见唱歌的人的模样，单听见从扩音机中出来的声音，更切实地感到这样的感觉。

我觉得我们到底还得抛弃了贝多汶和特比西，非再从新的从这祖先之声出发不可吧。

这是寺田的随笔之一。他在日本别无政治关系，所以不必故作国粹的论调，此盖其所切实感到的印象欤。别的我不甚清楚，但所云民谣是从地底下发出来的祖先之声，而这里又都含有暗淡的绝望的悲哀，我觉得很是不错。永井荷风在《江户艺术论》中论木板画的色彩云：

这暗示出那样暗黑时代的恐怖与悲哀与疲劳，在这一点上我觉得正如闻娼妇啜泣的微声，深不能忘记那悲苦无告的色调。

正可互相发明。不但此也，就是一般尚武的音曲表面虽是杀伐之音，内里还是蕴藏着同样的悲哀，此正是不大悖人情处，若叫嚣恣肆者盖亦有之，但这只是一种广告乐队，是否能深入民间大是疑问也。随笔文有一则云：

在《聊斋志异》里到处有自称是狐所化的女人出现。

但是在许多地方这些只是自己招承是狐而已，大抵终于未曾显出狐的真形来。

假如在她们举动的什么地方即使有些神异之点，但这或者只在为多智慧的美女所迷的忠厚老实的男子眼里看去才见得如此，这样地解释一下，许多事情也就可以自然了解了。

虽然如此，在此书里表现出来的支那民族中，有所谓狐这超自然的东西曾经确实地存在，不，恐怕现今也还仍旧存在着，那是无疑的了。

这在某种意味上不得不算是可以歆羡的事。至少，假如不是如此，这部书里的美的东西大半就要消灭了也。

《聊斋》善说狐鬼，读者又大抵喜狐胜于鬼，盖虽是遐想而怀抱中亦觉冰森有鬼气，四条腿的阿紫总是活的乎，此理未能参透，姑代说明之如此。日本俗信中亦有狐，但与中国稍不同。中国在东南故乡则无狐，只知有果子狸之属，在北京有狐矣，但亦不听见人说如《聊斋》所志者，不然，新闻记者甚多，有不录而公诸同好者耶。由此可知狐这超自然的东西在中日均有，大同而小异，在《聊斋》者则是《聊斋》所独有，文人学士读了此书心目中遂有此等狐的影像，平民之不读书或不知遐想者仍不足与语此也。《聊斋》写狐女，无论是狐而女或是女而狐，所写还只是女人，不过如自称是狐所化的女人一样，借了这狐的幌子使得这事情更迷离惝怳一点，以颠倒那忠厚老实的男子的心目而已，至于狐这东西终于没有写出，实在亦写不出也。何也？方为其为女人也，女人之外岂复有他。若其未超自然时则即是绥绥然狐也，欲知其情状自非去问山中之老猎人不可矣。清刘青园在所著随笔《常谈》卷一中有一则，可资参考，今抄录于后：

> 边塞人以鸟铳弓矢为耒耜，以田猎剥割为耕耨，以猛虎贪狼狡兔黠狐为菽粟，以绝巘高陵深林茂草为膏壤，平生不言妖异，亦未闻因妖异偾事者。余曾与三省人谈，问其所猎皆何等禽，答曰，难言也，自人而外凡属动物未有不以矢铳相加者，虽世传所谓麟凤之属尚不能以幸免，况牛鬼蛇神几上肉乎。余首肯曰，亦人杰也。

七月廿六日。

# 《如梦录》

友人从开封来，送我河南官书局所刻的几种书，其中我所最喜欢的是一册无名氏的《如梦录》。这是一个明末的遗老所撰，记录汴梁鼎盛时情景，犹宋遗民之著《梦华》《梦粱》也，向无刻本，至咸丰二年（一八五二）汴人常茂徕始据裴氏藏本参订付梓，民国十年重刊，即此书也。本来这是很好的事，所可惜的是编订的人过于求雅正，反而失掉了原书不少的好处。如常氏序中云：

> 且录中语多鄙俚，类皆委巷秕稗小说，荒诞无稽，为文人学士所吐弃。如言繁塔为龙撮去半截，吹台是一妇人首帕包土一抛所成，北关王赴临埠集卖泥马，相国寺大门下金刚被咬脐郎缢死背膊上，唬金刚黑夜逃出北门，诸如此类，偻指难数，读之实堪捧腹。

因此根据了他“于其悠谬繁芜者节删之”的编例便一

律除掉了，这实在是很可惜的。那些贵重的传说资料可以说是虽百金亦不易的，本已好好地纪录在书上了，却无端地被一刀削掉，真真是暴殄天物。假如这未经笔削[①]的抄本还有地方可找，我倒很想设法找来一读，至少来抄录这些被删的民间传说，也是一件值得做的工作。

话虽如此，现行本的《如梦录》里却也还有许多好材料，而且原著者的“俚言”虽然经过润色，到底是改不胜改，还随处保留着质朴的色味，读时觉得很是愉快。其《试院纪》一篇讲乡试情形甚详，今录一节云：

> 至日，按院在三门上坐点名，士子入场，散题。次日辰时放饭。大米饭，细粉汤，竹箩盛饭，木桶盛汤。饭旗二面前走，汤饭随后，自西过东，由至公堂前抬走。正行之际，晓事吏跪禀老爷抽饭尝汤，遂各盛一碗，按院亲尝可用始令放行。至月台下，一旗入西文场，一旗入东文场，至二门，二旗交过堂上，一声梆子响，各饭入号，散与士子食用。次放老军饭，俱是小米饭冬瓜汤，一样散法，按院不复尝。午间散饼果，向晚散蜡烛。

这不但可以考见那时情形，文章也实在写得不坏。

《街市纪》文最长，几占全书之半，是最重要的部分，讲到封邱王府，云封邱绝后改为魏忠贤祠，忠贤势败，火急拆毁。注引《大梁野乘》云：

> 河南为魏珰建祠，树旌曰崇德报功。兴工破土，诸当事者咸往祭告，独提学曹履吉仰视长叹，称病不去拜。力役日千人，昼夜无息。当砌脊时，督工某大参以匠役张三不预禀以红氍毹包裹上兽而俟展拜，怒加责惩，盖借上兽阿奉为上寿也。工未毕，即拆毁，督工某急令先搬兽掷下，三忽跪禀曰，讨红氍毹裹下兽以便展拜。督工者复怒责之。或谓三多言取责，三曰，吾臀虽苦楚，彼督工者面皮不知几回热矣。

注盖系常氏所为，但所引事却很有意思，是极好的[②]“幽默”，不但督工者是官僚代表，即张三亦可以代表民间，一热其面，一苦其臀，而汴梁之陆沉亦终不能免，此正是沉痛的一种“低级趣味”欤。

七月二十八日。

**【锺校】**

①原无“削”字，今增。

②原无“的”字，今增。

# 《拜环堂尺牍》

偶然得到《拜环堂文集》残本一册，会稽陶崇道著，存卷四卷五两卷，都是尺牍，大约是崇祯末刻本。我买这本破书固然是由于乡曲之见，一半也因为他是尺牍，心想比别的文章当较可观，而且篇数自然也多，虽然这种意思未免有点近于买萝卜白菜。看信里所说，似乎在天启时做御史，忤魏忠贤落职，崇祯中再起，在兵部及湖广两地方做官，在两篇尺牍里说起“石篑先叔”，可以知道他是陶望龄的堂侄，但是他的运气似乎比老叔还要好一点，因为遍查海宁陈氏所编的《禁书总录》不曾看见这部集名，在这里边讲到“奴虏”的地方实在却并不少。陶路叔的文章本来也写得颇好，但是我们看了第一引起注意的乃是所说明末的兵与虏的情形。这里可以抄引一二，如卷四《复李茂明尚书》云：

天下难题至京营而极矣，乱如棼丝，兼投之

荆棘丛中，败烂如腐船，又沉入汪洋海底，自国朝以[1]来几人能取而整理之？是何一入老公祖手不数月，声色不动，谈笑自若，而条理井然。去备兵营，掘狐狸之窟也，窟不难掘，而难于群狐之不号。以粮定军，如桶有箍，乃今片板不能增入矣。而粮票以营为据，不聚蚁而聚羊肉，蚁将安往？又禁充发之弊，诸窦杜尽矣。

又《与陆凤台尚书》云：

京师十月二十七日已后事想已洞悉。京军十万，如尘羹土饭，堪摆不堪嚼。当事者恐撄圣人怒，欲以半为战半为守，弟辈坚执不可，始作乘城之计。弟又谓乘城无别法，全恃火器，而能火器者百不得一。

此盖指崇祯十一年（一六三八）事也。又《与黄鹤岭御史》云：

国家七八年不用兵，持戟之士化为弱女。今虽暂远都城，而永平遵化非复我有，所恃无恐惟高皇帝在天之灵耳。

卷五《与马大将军》云：

虏骑渐北，志在遁逃。但饱载而归，不特目今无颜面，而将来轻视中国益复可虞。目下援兵虽四集，为鼠者多，为虎者少。

又卷四《答文太青光禄》云：

虏之蟠踞原非本心，无奈叛臣扣其马首，使不得前。此番之去谓之生于厌则可，谓之生于畏则不可。

《复李茂明尚书》更简明地说道：

城自完，以高皇帝之灵而完，非有能完之者。虏自去，以厌所欲而去，非有能去之者。

卷四《答荆璞岩户部》云：

奉教时尚未闻虏耗也，一变而至此，较之庚戌（一六一〇）其时十倍，其破城毁邑则百倍，而我师死于锋镝之下者亦百倍。内愈久而愈糜，外愈久而愈悍，中国之长技已见，犬羊之愿欲益奢，此后真不知所税驾矣。弟分辖东直门，正当虏冲，易章缝为韎韐，餐星寝露者四旬，今日始闻酋旌北指，或者奴亦厌兵乎。

又一书盖在一年后，全文云：

记东直门答手教时五指欲堕，今且执拂驱暑矣。日月洵易迈，然虏不以客自处，我亦不以客处虏，任其以永遵作卧榻而鼾卧自如。朝士作高奇语，则轰然是之，作平实语则共诋以为恇怯。不知河水合后亦能如此支吾否？而司马门庭几同儿戏，弟言无灵，止付长叹，想台臺所共嗟也。

高奇语即今所谓高调，可见此种情形在三百年前已然。又有《致毛帅（文龙）》一书，说的更淋漓尽致，今录其一部分于下：

当奴之初起也，彼密我疏，彼狡我拙，彼合我离，彼捷我钝，种种皆非敌手，及开铁一陷，不言守而言战，不言战而且言剿。正如衰败大户仍先世馀休，久驾人上，邻居小民窥见室中虚实，故来挑构，一不胜而怒目张牙，诧为怪事，必欲尽力惩治之。一举不胜，墙垣户牖尽为摧毁，然后紧闭门扇，面面相觑，各各相讥。



这一个譬喻很有点儿辛辣，仿佛就是现今的中国人听了也要落耳朵吧。以上所说的抗清的一方面，另外还有投清的即上文所谓扣其马首的一方面。卷四《与梅长公巡抚》云：

虏踞遵永未必无归志，奈衿绅从叛者入胡则有集枯之虞，舍胡则有赤族之患，所以牵缠不割耳。

又《与陆凤台尚书》云：

世庙虏警，其来其去不越十六日。奴初阑入时举朝虽皇皇，料其不能久居，亦或与庚戌等，孰意蟠踞至此。总之白养粹等去中国则为亡虏，不去中国即得赤族，此所以牵挽不舍耳。

又《通傅元轩本兵》云：

奴虏披猖，阑入内地，我以七八十年不知兵之将卒当之，不特彼虎我羊，抑且羊俱附虎，如永遵二郡上自缙绅下及走卒，甘心剪发，女请为妾，子愿称臣，牵挽不放胡骑北去者[2]四越月于兹，言之真可痛心，想老公祖亦不禁其发之欲竖也。

陶路叔的文章不知道说他是哪一派好，大抵像王谑庵而较少一点古怪吧。在这两卷尺牍里就有好些妙语，如卷四《通张葆一巡抚》云：

弟处此譬之老女欲与群少年斗脂竞粉，不特粗眉不堪细画，亦觉宿酒不比新刍，高明何以教之？

又《与张人林年丈》，说家叔荣龄领乡荐后不得意，在睦州做广文先生，有云：

寿昌在睦州，犹身中之尻，不特声名文物两浙所绝无，即齿苋赤米不可幸致。日者携其眷属往，不一月而纷纷告归，如逃寇然。

卷五《答邹九一年兄》云：

某五年俗吏，当奇荒之后，扶饿莩之颈而求其生不得，益觉宦途滋味淡如冰雪。

又《答许芳谷抚台》云：

> 犹忆为儿时从先祖于贵署，东偏书室前荔枝石大如渔③舟，后园垂柏高可十寻，不识至今在否。江右诸事约略如浅滩船独木桥，苦无转身地，不知粤西何如也。

这些文字都写得不坏，自有一种风趣，却又不落入窠臼，以致求新反陈，如王百穀之流那样。书中又有两封信全篇均佳，卷一《与天台山文心大师》云：

> 山中别时觉胸中口中有无数唱和语，而一抵家只字全无，甚哉有家之累也。莼菜越人以此味压江南，乃天台亦产之，鹤背上又带出许多来，益惹妒矣。尊作细玩，字字清冷。序语不敢辞，或合诸刻汇成一集，抑散珠片金，且零星现露耶，便中幸示之。日者所惠藤杖被相知者持去，又见所造叶笠甚佳，敢乞此二物以为山行胜具，不以我为贪否？一笑。

卷五《与王遂东工部》云：

> 江右相闻后至今又三载，荣俸及瓜，娇莺尚坐故枝，何也？荆去家四千里，去留都三千里，与翁台隔越遂同化外。小儿书来云，输金大邀宽政，晋谒之下饮以罗绮，浓情眷眼俱出格外，弟何施而受此赐，感谢感谢。拙剃不禁遭连鬓胡，荆南何地，有旧藩又有新藩，有水客又有陆客，

有部使又有内使，旧江陵一血手溅及弟衣，遂欲与之共浣，鉴湖味如蜜，欲尝不可，奈之何哉。徐善伯差满将行，喜吴金堂为之继，尚有故乡声气，不然几孤另煞也。兹遣视小儿，手勒附谢。小儿质弱，即试未必售，山妻卧病，家间乏人，意欲稍傍宫墙即令还里，当事者倘加羁绁，犹望翁台一言松之也，并恳。

此信系寄谑庵的，说也奇怪，文字也有点像《文饭小品》中物[④]了。剃发匠怕连鬓胡原是俗语，至今还有这句话，“遂欲与之共浣”云云乃点不好句读，究竟不知道是“共浣鉴湖”呢，还是“鉴湖味如蜜”，无论如何总觉得不大容易懂。这两卷书百三十六页中有不少好文章好材料，很值得把他抄出来，若是照旧小说的说法，恐怕还会在梦里看见有人红袍纱帽来拜呢。但是，陶路叔生于明季，乱谈国事，居然无妨，而且清朝也没有找到他，列入禁书，这全是他自己的[⑤]运气，却与我辈无干的了。

八月四日。

【锺校】

①原无“以”字，今增。

②“者”原作“的”。

③“渔”原作“鱼”。

④“中物”原作“物中”。

⑤“的”原作“是”。

# 读禁书

禁书目的刻板大约始于《咫进斋丛书》，其后有《国粹学报》的排印本，最近有杭州影印本与上海改编索引式本。这代表三个时期，各有作用：一是讲掌故，学术的；二是排满，政治的；三是查考，乃商业的了。

在现今第三时期中，我们想买几本旧书看的人于是大吃其亏，有好些明末清初的著作都因为是禁书的缘故价格飞涨，往往一册书平均要卖十元以上，无论心里怎么想要，也终于没有法子可以“获得”。果真是好书善本倒也罢了，事实却并不这样，只要是榜上有名的，在旧书目的顶上便标明禁书字样，价钱便特别地贵，如尹会一王锡侯的著述，实在都是无聊的东西，不值得去看，何况更花了大钱。话虽如此，好奇心到底都有的，说到禁书谁都想看一看，虽然那蓝胡子的故事可为鉴戒，但也可以知道禁的效力一半还是等于劝。假如不很贵，王锡侯的《字贯》我倒也想买一部，否则想借看一下，如是太贵而别人有这部书。至于看了不免多少要失望，则除好书善本外的禁书大抵都不免，我也是预先承认的。

近时上海禁书事件发生，大家谈起来都知道，可是《闲话皇帝》一文谁也没有见过，以前不注意，以后禁绝了。听说从前有《闲话扬州》一文激怒了扬州人，闹了一个小问题，那篇《闲话》我也还不曾见到。这篇《闲话》因为事情更大了，所以设法去借了一个抄本来，从头至尾用心读了一遍，觉得文章还写得漂亮，此外还是大失望。这是我最近读禁书的一个经验。

不过天下事都有例外。我近日看到明末的一册文集，十足有可禁的程度，然而不是禁书。这书叫作《拜环堂文集》，会稽陶崇道著，即陶石篑石梁的侄子，我所有的只是残本第五、六两卷，内容都是尺牍。从前我翻阅姚刻《禁书目》，仿佛觉得晚明文章除七子外皆在禁中，何况这陶路甫的文中有许多奴虏字样，其宜全毁明矣，然而重复检查索引式的《禁书总录》，却终未发见他的名字，这真真是大运气吧。虽然他的文集至今也一样地湮没，但在发现的时候，头上可以不至于加上标识，定价也不至过高，我们或者还有得到的机会，那么这又可以算是我们读者的运气了。文集卷四《复杨修翎总督》云：

古人以犬羊比夷虏，良有深意。触我啮我则屠之，弭耳乞怜则抚而驯之。

又《与张雨苍都掌科》云：

此间从虏中逃归者言，虏张甚，日则分掠，暮则饱归。为大头目者二，胡妓满帐中，醉后鼓吹为乐。此虽贼奴常态，然非大创势不即去，奈何。

看这两节就该禁了。此外这类文字尚多，直叙当时的情形，很足供今日的参考。最妙的如《答毛帅》（案即毛文龙）云：

当奴之初起也，彼密我疏，彼狡我拙，彼合我离，彼捷我钝，种种皆非敌手。及开铁 陷，不言守而言战，不言战而且言剿。正如衰败大户，仍先世馀休，久驾人上，邻居小民见室中虚实，故来挑构，一不胜而怒目张牙，诧为怪事，必欲尽力惩治之，一举不胜，墙垣户牖尽为摧毁，然后紧闭门扇，面面相觑[①]，各各相讥。此时从颓垣破壁中一人跃起，招摇僮仆，将还击邻居，于是群然色喜，望影纳拜，称为大勇，岂知终是一人之力。

形容尽致，真可绝倒。不过我们再读一遍之后，觉得有点不好单笑明朝人了，仿佛这里还有别的意义，是中国在某一时期的象征，而现今似乎又颇相像了。集中也有别的文章，如《复朱金岳尚书》云：

> 凡人作文字，无首无尾，始不知何以开，后不知何以阖，此村郎文字也。有首有尾，未曾下笔，便可告人或用某事作开，或用某事作阖，如观旧戏，锣鼓未响，关目先知，此学究文字也。苏文忠曰，吾文如万斛源泉，不择地而布，行乎不得不行，止乎不得不止。夫所谓万斛者，文忠得而主之者也；不得不行不得不止者，文忠不得而主之者也。识此可以谈文，可以谈兵矣。

作者原意在谈兵，因为朱金岳本来就是兵家，但是这当作谈文看，也说得很有意思。谢章铤《赌棋山庄笔记》云：

> 窃谓文之未成体者冗剽芜杂，其气不清，桐城诚为对症之药。然桐城言近而境狭，其美亦殆尽矣，而迤逦陵迟，其势将合于时文。

这所说的正是村郎文字与学究文字，那与兵法合的乃是文学之文耳。陶路甫毕竟是石篑石梁的犹子，是懂得文章的，若其谈兵如何，则我是外行，亦不能知其如何也。

八月十六日。

【锺校】

①“觑”原作“觊”。

# 杜牧之句

《困学纪闻》卷十八评诗有一节云："忍过事堪喜，杜牧之《遣兴》诗也，吕居仁《官箴》引此误以为少陵。"翁注引《官箴》原文云：

> 忍之一字，众妙之门，当官处事，尤是先务。若能于清谨勤之外更行一忍，何事不办。《书》曰，必有忍其乃有济。此处事之本也。谚曰，忍事敌灾星。少陵诗曰，忍过事堪喜。此皆切于事理，非空言也。王沂公常言，吃得三斗酽醋方做得宰相，盖言忍受得事。

中国对于忍的说法似有儒释道三派，而以释家所说为最佳。《翻译名义集》卷七《辨六度法篇》第四十四云：

> 羼提，此言安忍。"法界次第"云，秦言忍辱，内心能安忍外所辱境，故名忍辱。忍辱有二种，一者生忍，二者法忍。云何名生忍？生忍有

二种，一于恭敬供养中能忍不著，则不生骄逸，二于瞋骂打害中能忍，则不生瞋恨怨恼。是为生忍。云何名法忍？法忍有二种，一者非心法，谓寒热风雨饥渴老病死等，二者心法，谓瞋恚[①]忧愁疑淫欲骄慢诸邪见等。菩萨于此二法能忍不动，是名法忍。

《诸经要集》卷十下，六度部第十八之三，《忍辱篇》述意缘第一云：

盖闻忍之为德最为尊上，持戒苦行所不能及，是以羼提比丘被刑残而不恨，忍辱仙主受割截而无瞋。且慈悲之道救拔为先，菩萨之怀愍恻为用，常应遍游地狱，代其受苦，广度众生，施以安乐，岂容微有触恼，大生瞋恨，乃至角眼相看，恶声厉色，遂加杖木，结恨成怨。

这位沙门道世的话比较地说得不完备，但是辞句鲜明，意气发扬，也有一种特色。劝忍缘第二引《成实论》云：

恶口骂辱，小人不堪，如石雨鸟。恶口骂詈，大人堪受，如华雨象。

二语大有六朝风趣，自然又高出一头地了。中国儒家的说法当然以孔孟为宗，《论语》上的“小不忍则乱大谋”似乎可以作为代表，他们大概并不以忍辱本身为有价值，不过为要达到某一目的姑以此作为手段罢了。最显著的例是越王勾践，其次是韩信，再其次是张公艺，他为的要勉强糊住那九世同居的局面，所以只好写一百个忍字，去贴上一张大水膏药了。道家的祖师原是庄老，要挑简单的话来概括一下，我想《阴符经》的“安莫安于忍辱”这一句话倒是还适当的吧。他的使徒可以推举唐朝娄师德娄中堂出来做领班。其目的本在苟全性命于乱世，忍辱也只是手段，但与有大谋的相比较就显见得很有不同了。要说积极的好，那么儒家的忍自然较为可取，不过凡事皆有流弊，这也不是例外，盖一切钻狗洞以求富贵者都可以说是这一派的末流也。

且不管儒释道三家的优劣怎样，我所觉得有趣味的是杜牧之他何以也感到忍过事堪喜？我们心目中的小杜仿佛是一位风流才子，是一个堂驩（Don Juan），该是无忧无虑地过了一世的吧。据《全唐诗话》卷四云：

> 牧不拘细行，故诗有十年一觉扬州梦，赢得青楼薄幸名。

又《唐才子传》卷六云：

> 牧美容姿，好歌舞，风情颇张，不能自遏。时淮南称繁盛，不减京华，且多名姬绝色，牧恣

心赏，牛相收街吏报杜书记平安帖子至盈箧。

这样子似乎很是阔气了，虽然有时候也难免有不如意事，如传闻的那首诗云：

自恨寻芳去较迟，不须惆怅怨芳时，

如今风摆花狼藉，绿叶成阴子满枝。

但是，这次是失意，也还是风流，老实说，诗却并不佳。他什么时候又怎么地忍过，而且还留下这样的一句诗可以收入《官箴》里去的呢？这个我不能知道，也不知道他的忍是哪一家派的。可是这句诗我却以为是好的，也觉得很喜欢，去年还在日本片濑地方花了二十钱烧了一只小花瓶，用蓝笔题字曰：

忍过事堪喜。甲戌八月十日于江之岛，书杜牧之句制此。知堂。

瓶底画一长方印，文曰，“苦茶庵自用品”。这个花瓶现在就搁在书房的南窗下。我为什么爱这一句诗呢？人家的事情不能知道，自己的总该明白吧。自知不是容易事，但也还想努力。我不是尊奉它作格言，我是赏识它的境界。这有如吃苦茶。苦茶并不是好吃的，平常的茶小孩也要到十几岁才肯喝，咽一口酽茶觉得爽快，这是大人的可怜处。人生的“苦甜”，如古希腊女诗人之称恋爱。《诗》云，谁谓荼苦，其甘如荠。这句老话来得恰好。中国万事真真是“古已有之”，此所以大有意思欤。

中华民国二十四年八月十五日，于北平苦竹斋。

［附记］此文曾用作《苦茶随笔》的序，但实在是《杂记》之一，今仍收入，且用原题曰《杜牧之句》。

**【锺校】**

①“恚”原作“患”。

# 笠翁与随园



徐时栋《烟屿楼读书志》卷十六有《小仓山房集》一条，中有两则云：

本朝盛行之书，余最恶李笠翁之《一家言》，袁子才之《随园诗话》。《一家言》尚有嗤鄙之者，《随园诗话》则士大夫多好之，其中伤风败俗之语，易长浮荡轻薄之心，为父兄者可令子弟见之耶？

一日余于友人扇头见一律，有印贪三面刻，墨惯两头磨。余曰，此必随园诗也。问之，果然。

第一则的意思很平凡，只是普通正宗派的说法，没有一点独立的见识。李笠翁虽然是一个山人清客，其地位品格在那时也很低落，在陈眉公等之下了，但是他有他特别的知识思想，大抵都在《闲情偶寄》中，非一般文人所能及，总之他的特点是放，虽然毛病也就会从这里出来的。刘廷玑著《在园杂志》卷一云：

李笠翁渔，一代词客也，著述甚伙，有传奇十种，《闲情偶寄》《无声戏》《肉蒲团》各书，造意遣词皆极尖新。沈宫詹绎堂先生评曰，聪明过于学问，洵知言也。但所至携红牙一部，尽选秦女吴娃，未免放诞风流。昔寓京师，颜其旅馆之额曰“贱者居”，有好事者戏颜其对门曰“良者居”，盖笠翁所题本自谦，而谑者则讥所携也。所辑诗韵颇佳，其《一家言》所载诗词及史断等类亦别具手眼。

此节对于笠翁的褒贬大抵都得中，殆康熙时人见识亦较高明耶。马先登著《勿待轩杂志》卷下云：

李笠翁所著《闲情偶寄》一书，自居处饮食及男女日用纤悉不遗，要皆故作清绮语导人除侈之事，无一足取，谓其人亦李贽屠隆之类，为名教罪人，当明正两观之诛者也。

读书人动不动就把人家当做少正卯，拍案大喝，煞是可笑，却不知其纤悉讲人生日用处正是那书的独得处，我想曹廷栋的《老老恒言》或可相比，不过枯淡与清绮自亦有殊，若以《随园食单》来与饮馔部的一部分对看，笠翁犹似野老的掘笋挑菜，而袁君乃仿佛围裙油腻的厨师矣。《随园诗话》在小时候也照例看过，却终未成为爱读书，章实斋的攻击至今想来还没有多少道理，不过我总不大喜欢袁子才的气味，觉得这有点儿薄与轻，自然这与普通所谓轻薄又是不同。我很讨厌那两句诗，若使风情老无分，夕阳不合照桃花。老了不肯休歇，还是涎着脸要闹什么风情，是人类中极不自然的难看的事，随园未能免俗，又说些肉麻话，所以更显出难看了。这是不佞的一个偏见，在正统派未必如此想，盖他们只觉得少年讲恋爱乃是伤风败俗，若老年弄些侍姬如夫人之流则是人生正轨，夕阳照桃花可以说正是正统派的人生观，从古至今殆不曾有丝毫更变者也。

第二则的话我觉得说得很对。简单的记述中显出冷冷的讽刺，很能揭穿随园的缺点，这是他的俗，也可以说没趣味。我在这里须得交代明白，我很看重趣味，以为这是美也是善，而没趣味乃是一件大坏事。这所谓趣味里包含着好些东西，如雅，拙，朴，涩，重厚，清朗，通达，中庸，有别择等，反是者都是没趣味。普通有低级趣味这一句话，虽然看样子是从日本输入的，据我想也稍有语病，但是现在不妨借来作为解说，似乎比说没趣味更容易懂些。没趣味并不就是无趣味，除非这人真是救死唯恐不赡，平常没有人对于生活不取有一种特殊的态度，或淡泊若不经意，或琐琐多所取舍，虽其趋向不同，却各自成为一种趣味，犹如人各异面，只要保存其本来眉目，不问妍媸如何，总都自有其生气也。最不行的是似是而非的没趣味，或曰假趣味，恶趣味，低级趣味均可，假如照大智若愚的这说法，这可以说是大俗若雅罢。顶好的例便是印贪三面刻，墨惯两头磨。大凡对于印与墨人可以有这几种态度。一，不用，简直就没有关系。二，利用，印以记名，墨以写字，用过就算，别无他求。三，爱惜，实用之外更有所选择，精良适意，珍重享用。这几句话说的有点奢侈，其实并不然，木工之于斧凿，农夫之于锄犁，盖无不如此，不独限于读书人之笔墨纸砚也。李圭著《思痛记》，述其陷太平天国军中时事，卷下记掌书大人写贺表云：

> 是晚贼敬天父后，将写文书与伪侍王，贺金邑攻破也。陆畴楷蹲踞椅上，李贼坐其旁，桌置纸笔黄封套，又一长刀裹以绿绉，陆贼杀人具也，各有小贼立其旁装水烟，他贼亦围聚以观。陆贼手拂黄纸，捉笔苦思，良久，写一二十字，不惬意，则扯碎入口烂嚼唾去，如此者三。

这里所写原是俗人常态，但浪费纸张，亦是暴殄天物，犹之斫坏巨木，非良工之所为也。两头磨墨虽非嚼纸之比，亦狼藉甚矣。用墨者不但取其着纸有色泽，当并能赏其形色之美，磨而渐短，正如爱莫能助人之渐老耳，亦不得已也，两头磨之无乃不情，而况惯乎。印昔以文重，但自竹斋用花乳石后，质亦成为可爱玩之物，刻钮写款皆是锦上添花，使与其文或质相映发，非是蛇足，更非另画蛇头也。印三面刻——其实应当说六面，限于平仄故云三耳，则是画了三个蛇头了，对于印石盖别无兴味，只讲经济而已，这好比一把小刀，既可开啤酒瓶的盖，又可裁玻璃，共总有八九样用处，却是市场洋货摊上物。百工道具不会如此，锄锸只单用，斧可劈可敲，亦是自然结果，不太小气也。多面刻的印既不好看，且细想亦实不便于用，随园偏喜之，而又曰贪，这与上文的惯并算起来，真真是俗气可掬了。笠翁讲房屋器具亦注重实用，而华实兼具，不大有这种情形，其暖椅稍可笑，唯此为南方设法亦属无可如何。总而言之，在此等处笠翁要比随园高明不少也。



[附记]《广东新语》卷十三《艺语》类有刻印一条云："陈乔生善篆刻，尝为《四面石章赋》云，印章之便者，莫如四面矣。六则妨持，两则罕变。酌于行藏，四始尽善。"岂明末有此风尚乎？此虽似可为三面刻解嘲，但终欠大方，不足取也。

廿四年九月八日记于北平。

# 两国烟火

黄公度著《日本国志》卷三十六，《礼俗志》三游宴类有烟火一则云：

每岁例以五月二十八夜为始放烟火之期，至七月下旬乃止。际晚，烟火船于两国桥南可数百武横流而泊，霹雳乍响，电光横掣，团团黄日，散为万星。既而为银龙，为金乌，为赤鱼，为火鼠，为蝙蝠，为蜈蚣，为梅，为樱，为杏，为柳絮，为杨枝，为芦，为苇，为橘，为柚，为樱桃，为藤花，为弹，为球，为箭，为盘，为轮，为楼，为阁，为佛塔，为人，为故事，为文字，千变万化，使人目眩。两岸茶棚，红灯万点，凭栏观者累膝叠踵。桥上一道，喧杂拥挤，梁柱挠动，若不能支。桥下前舻后舳，队队相衔，乐舫歌船，弥望无际，卖果之船，卖酒之船，卖花之船，又篙橹横斜，哗争水路。直至更阑夜深，火戏已罢，豪客贵戚各自泛舟纳凉，弦声歌韵，于杯盘狼藉中，呕哑啁哳，逮晓乃散。

《日本国志》著于光绪初年，所记应系明治时代东京的情状，但其文章取材于江户著作者盖亦有之。两国烟火始于享保十八年（一七三三），称曰川开，犹言开河也。两国桥跨日本桥与本所区间，昔为武藏上总二国，故名，桥下即隅田川，为江户有名游乐地，犹秦淮焉。昔时交通不便，市人无地可以避暑，相率泛舟隅田川，挟妓饮酒，曰纳晚凉。开始之日曰川开，凡三月而罢。天保时斋藤月岑著《东都岁时记》卷二记其事，在五月二十八日条下云：

两国桥纳晚凉自今日始，至八月二十八日止。又此为茶肆，百戏，夜店之始。从今夜放烟火，每夜贵贱群集。

此地四时繁盛，而纳凉之时尤为热闹，徐国无其比。东西两岸，苇棚茶肆比如栉齿，弱女招客，素额作富士妆，雪肤透纱，愈添凉意，望之可人。大路旁构假舍，自走索，变戏法，牵线木头，要猴戏，以至山野珍禽，异邦奇兽，百戏具备，各树招牌，唢呐之声喧以嚣，演史，土弓，影戏，笑话，篦头，相面之店，水果，石花菜，盖无物不有焉。桥上往来肩摩踵接，轰轰如雷。

日渐暮，茶肆檐灯照数千步，如在不暗国。楼船笼灯辉映波上，如金龙翻影，弦歌齐涌，行云不动。疾雷忽爆，惊愕举首，则花火发于空中，如云如霞，如月如星，如麟翔，如凤舞，千状万态，神迷魂夺。游于此者，无贵无贱，千金一掷，不惜固宜，实可谓宇宙间第一壮观也。

同时有寺门静轩著《江户繁昌记》，亦有一节记两国烟火者云：

烟火例以五月二十八日夜为始放之期，至七月下旬而止。际晚，烟火船撑出，南方距两国桥数百步，横于中流，天黑举事，霹雳乍响，电光掣空，一块火丸，碎为万星，银龙影欲灭，金乌翼已翻，丹鱼入舟，火鼠奔波，或棚上渐渐烧出紫藤花，或架头一齐点上红球灯，宝塔绮楼，千化万现，真天下之奇观也。两岸茶棚，红灯万点，栏内观者，累膝叠踵。桥上一道，人群混杂[①]，梁柱挠动，看看若将倾陷。前舻后舳，队队相衔，画船填密，虽川迷水。夜将深，烟火船挥灯，人始知事毕。时水风洒然，爽凉洗骨，于是千百之观烟火船并变为纳凉船，竞奢耀豪，举弦歌于杯盘狼藉之中，呕哑至晓乃歇。

读此可知黄君之所本。寺门文虽俳谐，却自有其佳趣，若描写几色烟火的情状，似乎更有活气也。昔时川开以后天天有烟火，是盖用作纳凉之消遣，非若现今之只限于当日，而当日往观烟火者又看毕即各奔散，于纳凉无关，于隅田川亦别无留恋也。天保时代去今百年，即黄君作志时亦已将五十年，今昔情形自然多所变化，读上文所引有如看旧木板风俗画，仿佛隔着一层薄雾了。寺田寅彦随笔集《柿子的种子》于前年出版，中有一篇小文，是讲两国烟火的，抄录于下：

这回初次看到所谓两国的川开这件东西。

在河岸急造的看台的一隅弄到一个坐位，吃了不好吃的便饭，喝了出气的汽水，被那混杂汽油味的河风吹着，等候天暗下去。

完全什么也不做，什么也不想，有一个多钟头茫然地在等候烟火的开始：发现了这样一个傻头傻脑的自己，也是很愉快的事。

在附近是啤酒与毛豆，看实热闹得很。

天暗了，烟火开始了。

升高烟火的确是艺术。

但是，装置烟火那物事是多么无聊的东西呀。

特别是临终的不干脆，难看，那是什么呀。

"出你妈的丑!"

我不是江户子也想这样地说了。

却发见了一件可惊的事。

这就是说,那名叫惠斯勒的西洋人,他比广重或比无论那个日本人更深知道隅田川的夏夜的梦。

若月紫兰在所著《东京年中行事》下卷两国川开项下有云:

以前都说善能表现江户子的气象是东京烟火的特色,拍地开放,拍地就散了,看了无端地高兴,大声叫好,可是星移物换,那样的时代早已过去了,现在烟火制造者的苦心说是想在那短时间里也要加上点味儿,所以今年(一九一〇)比往常明显地有些变化。

在昼夜共放升空烟火三百发之外,还加上许多西洋式的以及大规模的装置烟火,如英皇戴冠式,膳所之城等。但是结论却说:

我不是江户子却也觉得这些东西还不如那拍地开放拍地就散了的倒更是江户子的,什么装置烟火实在是很呆笨的东西。

听了他们两人的话不禁微笑,他更不是江户子,但也正是这样想。去年的两国川开是在七月廿二日举行,那时我们刚在东京，承山崎君招同徐耀辰君东京林君与池内夫人往观，在柳桥的津久松的看台上初次看了这有名的大烟火。两国桥的上下流昼夜共放升空烟火四百五十发，另有装置烟火二十六件，我所喜欢的还是代表江户子气象的那种烟火。本来早想写一篇小文[②]，可是一直做不出，只好抄人家的话聊作纪念耳。

廿四年九月二日。

**【锺校】**

①“杂”原作“杀”。

②“文”原作“说”。

# 文章的放荡

偶然翻阅《困学纪闻》，见卷十七有这一则云：

> 梁简文诫子当阳公书云，立身之道与文章异，立身先须谨重，文章且须放荡。斯言非也。文中子谓文士之行可见，放荡其文，岂能谨重其行乎。

翁凤西注引《中说》事君篇云：

> 子谓文士之行可见。谢灵运小人哉，其文傲，君子则谨。沈休文小人哉，其文冶，君子则典。

其实，深宁老人和文中子的评论文艺是不大靠得住的，全谢山在这节上加批云：

> 六朝之文所以无当于道。

这就凑足了鼎足而三。

我们再来《全梁文》里找梁简文的原文，在卷十一录有据《艺文类聚》二五抄出的一篇《诫当阳公大心书》云：

汝年时尚幼，所阙者学。可久可大，其唯学欤。所以孔丘言，吾尝终日不食，终夜不寝以思，无益，不如学也。若使墙面而立，沐猴而冠，吾所不取。立身之道与文章异，立身先须谨重，文章且须放荡。

这些勉学的话原来也只平常，其特别有意思的却就是为大家所非难的这几句话，我觉得他不但对于文艺有了解，因此也是知道生活的道理的人。我们看他馀留下来的残篇剩简里有多少好句，如《舞赋》中云：

眄鼓微吟，回巾自拥，发乱难持，簪低易捧。

又答新渝侯和诗书中云：

双鬓向光，风流已绝，九梁插花，步摇为古。高楼怀怨，结眉表色，长门下泣，破粉成痕。复有影里细腰，令与真类，镜中好面，还将画等。

又《筝赋》中歌曰：

年年花色好，足侍爱君傍。影入着衣镜，裙含辟恶香。鸳鸯七十二，乱舞未成行。

看他写了这种清绮语，可是他的行为却并不至于放荡，虽然千四百年前事我们本来不能详知，也只好凭了一点文献的纪录。简文被侯景所幽縶时有《题壁自序》一首云：

有梁正士兰陵萧世缵，立身行道，终始如一。风雨如晦，鸡鸣不已。弗欺暗室，岂况三光。数至于此，命也如何。

《梁书》四《简文帝纪》虽然说：

雅好题诗，其序云，余七岁有诗癖，长而不倦。然伤于轻艳，当时号曰宫体。

又史臣曰：

太宗幼年聪睿，令问夙标，天才纵逸，冠于今古，文则时以轻华为累，君子所不取焉。

但下文也说：

洎乎继统，实有人君之懿矣。

可见对于他的为人，君子也是没有微辞的了。他能够以身作则地实行他的诫子书，这是非常难得的事情。文人里边我最佩服这行谨重而言放荡的，即非圣人，亦君子也。其次是言行皆谨重或言行皆放荡的，虽属凡夫，却还是狂狷一流。再其次是言谨重而行放荡的，此乃是道地小人，远出谢灵运沈休文之下矣。谢沈的傲冶其实还不失为中等，而且在后世也就不可多得，言行不一致的一派可以说起于韩愈，则滔滔者天下皆是也，至今遂成为载道的正宗了。一般对于这问题有两种误解。其一以为文风与世道有关，他们把《乐记》里说的亡国之音那一句话歪曲了，相信哀愁的音会得危害国家，这种五行志的论调本来已过了时，何况倒因为果还是读了别字来的呢。其二以为文士之行可见，不但是文如其人，而且还会人如其文，写了这种文便非变成这种人不可，即是所谓放荡其文岂能谨重其行乎。这也未免说得有点神怪，事实倒还是在反面，放荡其文与谨重其行，其实乃不独不相反而且还相成呢。英国蔼理斯在他的《凯沙诺伐论》中说过：

我们愈是绵密地与实生活相调和，我们里面的不用不满足的地面当然愈是增大。但正在这地方，艺术进来了。艺术的效果大抵在于调弄这些我们机体内不用的纤维，因此使他们达到一种谐和的满足之状态，就是把他们道德化了，倘若你愿意这样说。精神病医生常述一种悲惨的风狂病，为高洁地过着禁欲生活的老处女们所独有的。她们当初好像对于自己的境遇很满意，过了多少年后却渐显出不可抑制的恼乱与色情冲动，那些生活上不用的分子被关闭在心灵的窖里，几乎被忘却了，终于反叛起来，喧扰着要求满足。古代的狂宴——基督降诞节的腊祭，圣约翰节的中夏祭——都证明古人很聪明地承认，日常道德的实生活的约束有时应当放松，使他不至于因为过紧而破裂。我们没有那狂宴了，但我们有艺术替代了他。

又云：

这是一个很古的观察，那最不贞洁的诗是最贞洁的诗人所写，那些写得最清净的人却生活得最不清净。在基督教徒中也正是一样，无论新旧宗派，许多最放纵的文学都是教士所作，并不因为教士是一种堕落的阶级，实在只因他们生活的严正更需这种感情的操练罢了。从自然的观点说来，这种文学是坏的，这只是那猥亵之一种形式，正如许思曼所说唯有贞洁的人才会做出的。在大自然里，欲求急速地变成行为，不留什么痕迹在心上面。……在社会上我们不能常有容许冲动急速而自由地变成行为的馀地，为要免避被压迫的冲动之危害起见，把这些感情移用在更高上稳和的方面却是要紧了。正如我们需要体操以伸张和谐那机体中不用的较粗的活力一样，我们需要美术文学以伸张和谐那较细的活力，这里应当说明，因为情绪大抵也是一种肌肉作用，在多少停顿状态中的动作，所以上边所说不单是普通的一个类似。从这方面看来，艺术正是情绪的操练。

小注中又引格勒威耳的日记作例证之一云：

拉忒勒耳在谈谟耳与洛及斯两人异同，前者的诗那么放荡，后者的诗那么清净，因为诗里非常谨慎地删除一切近于不雅驯的事物，所以当时甚是流行，又对比两人的生活与作品，前者是良夫贤父的模范，而后者则是所知的最大好色家云。

中国的例大约也不少，今为省事计也就不去多找了。凯沙诺伐是言行皆放荡的人，摆伦的朋友妥玛谟耳则很有简文的理想。或评法国画家瓦妥云：“荡子精神，贤人行径。”此言颇妙，正可为此类文人制一副对联也。

九月五日。

# 情书写法

八月三十日北平报载法院复审刘景桂逯明案，有逯明的一节供词极妙，让我把他抄在后边：

问，你给她的信内容不明白的地方甚多，以十月二十五日十一月三十日信看来，恐怕你们另有什么计划。

答，爱情的事，无经验的人是不明白的，普通情书常常写言过其实的肉麻话，不如此写不能有力量。

据报上说逯君正在竭力辩明系女人诱惑男人，却又说出这样的老实话来，未免稍有不利，但对于读者总是很有意思，可感谢的一句话。有经验的人对于无经验的有所指教，都是非常有益的，虽然有时难免戳穿西洋镜，听了令人有点扫兴。恋爱经验与宗教经验战争经验一样地难得，何况又是那样深刻的，以致闹成事件，如世俗称为"桃色惨案"，——顺便说一句，这种名称我最不喜欢，只表示低级趣味与无感情而已，刘荷影案时有《留得残荷听雨声》的小标题，尤其不愉快。闲话休提，我只说，犯罪就是一种异常的经验，只要是老实地说话，不要为了利害是非而歪曲了去感伤地申诉或英雄地表演，于我们都有倾听的价值。日本有古田大次郎要为同志大杉荣复仇，杀人谋财，又谋刺福田大将未成，被捕判处死刑，不上诉而就死，年二十五，所著有《死之忏悔》，为世人所珍重，其一例也。

逯君关于情书的几句话真可谓苦心之谈，不愧为有经验者。第一，这使人知道怎么写情书。言过其实地说肉麻话，或者觉得不大应该。然而为得要使情书有力量，却非如此不可。这实在是一条兵法，看过去好像有一股冷光，正如一把百炼钢刀，捏在手里，你要克敌制胜，便须得直劈下去。古人云，鸳鸯绣出从君看，莫把金针度与人。今却将杀手拳传授与普天下看官，真可谓难得之至矣。第二，这又使人知道怎么看情书。那些言过其实的肉麻话怎么发落才好？既然知道是为得要有力量而写的，那么这也就容易解决了，打来的一拳无论怎么凶，明白了他的打法，自然也有了解法。有这知识的人看那有本领的所写的情书，正是所谓“灯笼照火把”，相视而笑，莫逆于心，结果是一局和棋。我只挂念，逯君情书的受信人不知当时明白这番道理否？假如知道，那么其力量究竟何如，事件的结果或当如何不同，可惜现在均无从再说也。

我在这里并不真是来讨论情书的写法及其读法，看了那段供词我觉得有趣味的乃因其可以应用于文学上也。窃见文学上写许多言过其实的肉麻话者多矣，今乃知作[①]者都在写情书也。我既知道了这秘密，便于读人家的古今文章大有帮助，虽然于自己写文章没有多少用处，因为我不曾想有什么力量及于别人耳。

九月。

【锺校】

①原无“作”字，今增。

# 关于禽言

无闷居士著《广新闻》四卷，有乾隆壬子序，只是普通志异的笔记罢了，卷四却有《家家好》一则云：

> 客某游中峰，时值亢旱，望雨甚切，忽有小鸟数十，黑质白章，喙如凫，鸣曰“家家叫化”，音了如人语。山中人哗曰，此旱怪也，竞奋枪网捕杀数头。天雨，明日此鸟仍鸣，听之变为“家家好家家好”矣。

这件故事我看了觉得很有意思，因为第一这是关于旱怪的民俗资料，其次是关于禽言的，这也是我所留意考察的一件事。光绪初年侯官观颒道人著《小演雅》一卷，自称“摭百禽言”，其实也只有七十六项，里边还有可以归并的，有本是鸟声而非鸟言的，结算起来数目恐不很多，不过从来的纪录总以这为最详备了。冯云鹏著《红雪词》乙集卷一中有禽言词二十二首，自序云：

凡作禽言者有诗无词，以古诗可任意为长短句，词多束缚也。予好为苟难，偶采杂记听方言，取鸟音与词音相叶者咏之。词令虽多，有首句不起韵者，有换韵者，有冗长者，揆诸禽言殊不相似，故寥寥也。间有从万红友上入作平处，断不能以去作平平作仄用也，但俚而不文，朴而多讽，如坐桑麻间听齐东野语足矣。

所咏二十二禽言中，有“拆[1]鸟窠儿晒”，“修破屋”，“叶贵了”，“锅里麦屑粥”，“半花半稻”，“桃花水滴滴”等六则皆新出，《小演雅》中亦未见。若家家叫化与家家[2]好则诸书均未见著录，有人欲调查禽言者见之，自当大喜欢也。



晴雨不同的禽音最显著的是鸠鸣。据《埤雅》《尔雅翼》等书说，斑[3]鸠性拙，不能营巢，天将雨即逐其雌，霁则呼而返，故俗语云，天将雨，鸠逐妇。陆廷灿著《南村随笔》卷三《鸠逐妇》条云：

明秦人赵统伯辨鸠逐妇云，乃感天地之雨旸而动其雌雄之情，求好逑也，非逐而去之之谓。

此逐字盖训作现今追逐之逐乎，说虽新颖，似亦未必然。《本草纲目》卷四十九，李时珍曰：

或曰，雄呼晴，雌呼雨。

所说稍胜，只是尚未能证明，但晴雨时鸣声不同则系事实耳。《田家杂占》云：

鸠鸣有还声者谓之呼妇，主晴，无还声者谓之逐妇，主雨。

吾乡称斑鸠曰野鹁鸽，又称步姑，钱沃臣著《蓬岛樵歌》注云，“俗谑善愁者曰鹁鸪”，宁绍风俗相同，盖均状其拙。鸣声有两种，在雨前曰“渴杀鸪”，或略长则曰“渴杀者鸪”，雨后曰“挂挂红灯”，此即所谓有还声者也。范寅著《越谚》卷上“翻译禽音之谚第十五”，共列十条，鸠亦在焉，分注曰呼雨呼晴。“家家好”虽不知是何等山禽，大约也是这类的东西吧。

《越谚》所举十条除鸠燕而外唯姑恶鸟之姑恶，猫头鹰之掘洼系常闻的禽音，馀均转录不足取，如寒号虫尤近于志怪了。燕在诗文中虽常称“语”，但向来不列入禽言，《小演雅》列“意而”一条，亦有道理，却别无意趣。越中小儿以方言替代燕子说话云：“弗借倷乃盐，弗借倷乃醋，只要倷乃高堂大屋让我住住。”倷乃即你们的，只要二字合音。寥寥数语，却能显出梁上呢喃之趣，且又表出此狷洁自好的小鸟的精神，自成一首好禽言，在文人集子里且难找得出也。

禽言亦有出自田夫野老者，唯大半系文士所定，故多田园诗气味，殊少有能反映出民间苦辛的。姑恶自东坡以来即传说妇以姑虐死，故其声云，可谓例外，是真能对于礼教的古井投一颗小石子的了。陆放翁《夜闻姑恶》诗虽非拟禽言，却是最好的一篇，难得能传出有许多幽怨而仍不能说之情也。又有婆饼焦者，《蓬岛樵歌续编》注云：

> 俗传幼儿失怙恃，养于祖母，岁饥不能得食，儿啼甚，祖母作泥饼煨于火给之，乃自经，而儿不知也，相继饿毙，化为此鸟，故其声如此。《情史》又云，人有远戍者，其妇从山头望之，化为鸟，时烹饼将为饷，使其子侦之，恐其焦不可食也，往见其母化此物，但呼“婆饼焦”也。

梅尧臣《四禽言》云：

> 婆饼焦，儿不食。尔父向何之，尔母山头化为石。山头化石可奈何，遂作微禽啼不息。

可见宋时已有此故事，与《情史》所说相近，但俗传却更能说明“婆饼焦”的意义，而亦更有悲哀的土气息泥滋味也。“婆饼焦”的叫声我不曾听见过，只在北平初夏常听到一种叫声，音曰 Hupopo，大约也是布谷之类，本地人就称之曰“煳饽饽”，正是很好的禽言，不必是婆饼焦，也可以算是同一类的罢。

廿四年九月七日，于北平。

**【锺校】**

①“拆”原作“折”。

②“家”原作“中”。

③“斑”原作“班”。

# 谈油炸鬼

刘廷玑著《在园杂志》卷一有一条云：

> 东坡云，谪居黄州五年，今日北行，岸上闻骡驮铎声，意亦欣然。铎声何足欣，盖久不闻而今得闻也。昌黎诗，照壁喜见蝎。蝎无可喜，盖久不见而今得见也。予由浙东观察副使奉命引见，渡黄河至王家营，见草棚下挂油炸鬼数枚。制以盐水合面，扭作两股如粗绳，长五六寸，于热油中炸成黄色，味颇佳，俗名油炸鬼。予即于马上取一枚啖之，路人及同行者无不匿笑，意以为如此鞍马仪从而乃自取自啖此物耶。殊不知予离京城赴浙省今十七年矣，一见河北风味不觉狂喜，不能自持，似与韩苏二公之意暗合也。

在园的意思我们可以了解，但说黄河以北才有油炸鬼却并不是事实。江南到处都有，绍兴在东南海滨，市中无不有麻花摊，叫卖麻花烧饼者不绝于道。范寅著

《越谚》卷中饮食门云：

> 麻花，即油炸桧，迄今代远，恨磨业者省工无头脸，名此。

案此言系油炸秦会之，殆是望文生义，至同一癸音而曰鬼曰桧，则由南北语异，绍兴读鬼若举不若癸也。中国近世有馒头，其缘起说亦怪异，与油炸鬼相类，但此只是传说罢了。朝鲜权宁世编《支那四声字典》，第一七五 Kuo 字项下注云：

> 馃（Kuo），正音。油馃子，小麦粉和鸡蛋，油煎拉长的点心。油炸馃，同上。但此一语北京人悉读作 Kuei 音，正音则唯乡下人用之。

此说甚通，鬼桧二读盖即由馃转出。明王思任著《谑庵文饭小品》卷三《游满井记》中云：

> 卖饮食者邀诃好火烧，好酒，好大饭，好果子。

所云果子即油馃子，并不是频婆林禽之流，谑庵于此多用土话，邀诃亦即吆喝，作平声读也。

乡间制麻花不曰店而曰摊，盖大抵简陋，只两高凳架木板，于其上和面搓条，傍一炉可烙烧饼，一油锅炸麻花，徒弟用长竹筷翻弄，择其黄熟者夹置铁丝笼中，有客来买时便用竹丝穿了打结递给他。做麻花的手执一小木棍，用以摊赶湿面，却时时空敲木板，的答有声调，此为麻花摊的一种特色，可以代呼声，告诉人家正在开淘有火热麻花吃也。麻花摊在早晨也兼卖粥，米粒少而汁厚，或谓其加小粉，亦未知真假。平常粥价一碗三文，麻花一股二文，客取麻花折断放碗内，令盛粥其上，如《板桥家书》所说，“双手捧碗缩颈而啜之，霜晨雪早，得此周身俱暖”，代价一共只要五文钱，名曰麻花粥。又有花十二文买一包蒸羊，用鲜荷叶包了拿来，放在热粥底下，略加盐花，别有风味，名曰羊肉粥，然而价增两倍，已不是寻常百姓的吃法了。

麻花摊兼做烧饼，贴炉内烤之，俗称洞里火烧。小时候曾见一种似麻花单股而细，名曰油龙，又以小块面油炸，任其自成奇形，名曰油老鼠，皆小儿食品，价各一文，辛亥年回乡便都已不见了。面条交错作“八结”形者曰巧果，二条缠圆木上如藤蔓，炸熟木自脱去，名曰倭缠。其最简单者两股稍粗，互扭如绳，长约寸许，一文一个，名油馓子。以上各物《越谚》皆失载，孙伯龙著《南通方言疏证》卷四释小食中有馓子一项，注云：

《州志》方言，馓子，油炸环饼也。

又引《丹铅总录》等云，寒具今云曰馓子。寒具是什么东西，我从前不大清楚。据《庶物异名疏》云：

> 林洪《清供》云，寒具，捻头也，以糯米粉和面，麻油煎成，以糖食。据此乃油腻粘胶之物，故客有食寒具不濯手而污桓玄之书画者。

看这情形岂非是蜜供一类的物事乎？刘禹锡《寒具》诗乃云：

> 纤手搓来玉数寻，碧油煎出嫩黄深，
> 夜来春睡无轻重，压扁佳人缠臂金。

诗并不佳，取其颇能描写出寒具的模样，大抵形如北京西域斋制的奶油镯子，却用油煎一下罢了，至于和靖后人所说外面搽糖的或系另一做法，若是那么粘胶的东西，刘君恐亦未必如此说也。《和名类聚抄》引古字书云，“糫饼，形如葛藤者也”，则与倭缠颇相像，巧果油馓子又与“结果”及“捻头”近似，盖此皆寒具之一，名字因形而异，前诗所咏只是似环的那一种耳。麻花摊所制各物殆多系寒具之遗，在今日亦是最平民化的食物，因为到处皆有的缘故，不见得会令人引起乡思。我只感慨为什么为著述家所舍弃，那样地不见经传。刘在园范啸风二君之记及油炸鬼，真可以说是豪杰之士，我还想费些功夫翻阅近代笔记，看看有没有别的记录，只怕大家太热心于载道，无暇做这“玩物丧志”的勾当也。

[附记] 尤侗著《艮斋续说》卷八云：

> 东坡云，谪居黄州五年，今日北行，岸上闻骡驮铎声，意亦欣然，盖不闻此声久矣。韩退之诗，照壁喜见蝎。此语真不虚也。予谓二老终是宦情中热，不忘长安之梦，若我久卧江湖，鱼鸟为侣，骡马鞞铎耳所厌闻，何如欸乃一声耶。京邸多蝎，至今谈虎色变，不意退之喜之如此，蝎且不避而况于臭虫乎。

西堂此语别有理解。东坡蜀人何乐北归，退之生于昌黎，喜蝎或有可原，唯此公大热中，故亦令人疑其非是乡情而实由于宦情耳。

廿四年十月七日记于北平。



[补记] 张林西著《琐事闲录》正续各两卷，咸丰年刊。续编卷上有关于油炸鬼的一则云：

> 油炸条面类如寒具，南北各省均食此点心，或呼果子，或呼为油胚，豫省又呼为麻糖，为油馍，即都中之油炸鬼也。鬼字不知当作何字。长晴岩观察臻云，应作桧字，当日秦桧既死，百姓怒不能释，因以面肖形炸而食之，日久其形渐脱，其音渐转，所以名为油炸鬼，语亦近似。

案此种传说各地多有，小时候曾听老妪们说过，今却出于旗员口中觉得更有意思耳。个人的意思则愿作“鬼”字解，稍有奇趣，若有所怨恨乃以面肖形炸而食之，此种民族性殊不足嘉尚也。秦长脚即极恶，总比刘豫张邦昌以及张弘范较胜一筹罢，未闻有人炸吃诸人，何也？我想这骂秦桧的风气是从《说岳》及其戏文里出来的。士大夫论人物，骂秦桧也骂韩侂胄，更是可笑的事，这可见中国读书人之无是非也。

民国廿四年十二月廿八日补记。

# 《古南馀话》

自从《白香词谱笺》刻入《半庵丛书》，流通世间，舒白香的名字遂为一般人所知，只看坊间多翻印《词谱》可以知道，虽然也有人把他和白香山混作一个的。但是，白香的著作除《词谱》外平常却不很多见。从前我只有他的一部《游山日记》，记在庐山天池避暑时事，共十二卷，文章写得很有风趣，思想也颇明达，是游记中难得之作。后来又从上海买得一部书，无总名，共七册，内有书十一种二十九卷[①]，其中十种都是白香所著，《游山日记》亦在内。查罗振玉《续汇刻书目》辛，此即《舒白香杂著》，但书目有《骖鸾集》三卷，此本缺，而别多《联璧诗钞》二卷，录其伯祖东轩祖补亭诗各百首，父保斋诗二十五首。《缑山集》《秋心集》《花仙小志》各一卷，皆伤逝悼亡之作，《南征集》《婆舲馀稿》各一卷，则行旅作也。又《和陶诗》一卷，《香词百选》一卷，系白香所作词，由其门人选录百篇。以上七种为诗词，散文则《游山日记》外有《古南馀话》五卷，《湘舟漫录》三卷，亦是诗话随笔之流，别有清新之趣，而不入于浮薄，故为难得。《古南馀话》卷四云：

仲实问诗馀小词自唐宋以迄元明可谓灿备，鲜有不借径儿女相思之情者，冬烘往往腹诽之，谓恐有妨于学道，其说然欤？余曰：天有风月，地有花柳，与人之歌舞其理相近，假使风月下旗鼓角逐，花柳中呵导排衙，不杀风景乎？天下不过两种人，非男即女，今必欲删却一种，以一种自说自扮，不成戏也。故虽学如文正公，亦复有儿女相思之句，正所谓曲尽人情，真道学也。道学之理不知何时竟讲成尘羹涂饭，致南宋奸党直诋为无用之尤，肆意轻侮，亦岂非冬烘妄测之过哉。夫道学所以正人心平天下也，苟好恶不近人情，则心术伪矣，亦恶能得人之情平人之心？《诗》之教，化行南国始自闺房，《书》之教，协帝重华基于妫汭，理必然也，而况歌词乃导扬和气调燮②阴阳之理，而顾讳言儿女乎。故自《十九首》以及苏李赠答魏晋乐章，其寓托如出一口，良由发乎性情耳。姑专就小词而论，才如苏公犹不免铁板之诮，谓其逞才气著议论也。词家风趣宁痴勿达，宁纤勿壮，宁小巧勿粗豪，故不忌儿女相思，反不贵英雄豁达，其声哀以思，其义幽以怨，盖变风之流也。其流在有韵之文最为卑近，再降而至于填词止矣，原可不学，学之则不可不求合拍。李后主，姜鄱阳，易安居士，一君一民一妇人，终始北宋，声态绝妩。秦七黄九皆深于情者，语多入破。柳七虽雅擅骚名，未免俗艳。玉田尚矣，近今惟竹垞老人远绍此脉，善手虽众，鲜能度越诸贤者。各就所得名之篇，注意之旨，揣声而学之，有馀师矣。

这可以算是白香的词论，读《词谱》的人当有可参考之处，其下一则云："怡恭亲王昔重刻《白香词谱》时，问所订有遗憾否。余笑对言：有两事惜难补作，似有憾，一欲代朱夫子补作一词，一欲代姜鄱阳补捐一监。闻者绝倒。"又卷五录其少作《闲情集序》，其上半云：

情之正者日用于伦常之中，惟恐不足，恶得闲？然窃谓饥与谷相需，而先生之馔乃尚羞脯，所居不过容榻，而文王之囿半于国中，是闲复倍于正者何也？吾立于是，四旁皆闲地耳，使握其四旁若堑，则立者以惧。当暑而裸，冠服皆闲物耳，苟并其裘而毁弃，则裸者以忧。盖惧无馀

> 地，而忧或过时，亦闲情耳。尧舜以箕颍[3]为闲情，巢由亦以揖逊为闲情。夷齐以征伐为闲情，武周亦以饿死为闲情。将谓饿死为闲情，彼饿死何汲汲也。谓箕颍为闲情，彼遁世何无闷也。由是观之，无正非闲，无闲非正。身世之所遭，智力之所及，惨淡经营，都求美善，逮夫事往情移，梦回神往，即一身之中，旬日之内，所言所行，不啻秦人视越人之肥瘠也，又何况于局外闲观者哉。

辩说闲情，可谓语妙天下。下文又云："吾故常默然也。不言人过失，人本无过失也。不言时务，天下有道则庶人不议也，道听途说又恐传闻失实也。"引用《水浒传序》语，显然很受唱经堂的影响，虽然不曾明白说起。《湘舟漫录》中又有几节话说得很好，卷一说风流云：

> 黄龙寺晦堂长老尝问山谷以吾无隐乎尔之义，山谷诠释再三，晦堂不答。时暑退凉生，秋香满院，晦堂因问曰，闻木犀香乎？山谷曰，闻。晦堂曰，吾无隐乎尔。山谷乃服。昨秋寓都昌南山，一夕与五黄散步溪桥间，仲实问风流二字究作何解。予曰，此君子无入而不自得之象也，被有文无行人影射坏了，柳下惠、曾皙、庄

子、诸葛孔明、陶靖节及宋之周邵苏黄，乃所谓真风流耳。吉人以为然。晦堂以禅趣释经，吾以经义训疑训，故牵连书之。

又卷三亦有类似的一则云：

雅达亦何与康济之学而儒术重之？盖雅则贱货贵德，达则慕义轻生，故可重也。若只如世俗以诗酒书画为雅，以不拘行检为达，至于出处趣向义利生死之关，仍录录茫无择执，亦俗物耳，何雅达之有。

这种说法实在是很平实而亦新奇。为什么呢？向来只有那些不近人情的道学家与行不顾言的文人横行于世，大家听惯了那一套咒语，已经先入为主，所以对于平常实在的说法反要觉得奇怪，那也是当然的事吧。《古南馀话》有记琐事的几则亦均可喜，卷三云：

友三（案即古南寺住持僧）言往自村墟归，至野老泉下，遥见一狐低头作禹步，规行若环，而寺门一鸡即奋飞入其环中，为狐攫去，僧号逐不释。然则祝由治病，厌胜杀人，及飞头换腿之术，咸不诬矣。

友三又言，古南松鼠多而诈，竹初生则折其笋，栗未熟则毁其房，彼视狸如奴，视犬如仆，毫不畏。一日有猎人牵犬憩所巢树下，仰见鼠怒跃而号，松鼠竟直堕其前，不敢遁也。

友三尝筛米树下，一枭栖木末，俯视目眩，直堕筛中，因被擒。佃人病头眩，乞其枭，杀而食之，眩疾愈。余笑曰，理当益眩，何忽愈？然则使醉人扶醉人反不颠耶？刘伯伦有言，一石已醉，五斗解酲。是则以眩枭医眩人耳。吾问以枭食母事，友三谓一孚两子，子大则共食父母。余曰，不然，是人间只二枭矣，何宝刹枭声之多耶。盖亦犹人中之禽，偶一不孝，辄并其兄弟疑之，不尽然也，枭如能孝，吾且令乌为之友。

记录这些小动物的生态很有意思，其关于枭的说明亦有识见，虽然偶一不孝之说还不免有所蔽，至于鸡与松鼠受制于狐犬，盖系事实，如鼠之于猫，蛙之于蛇，遇见便竦伏不能动，世所习知。此虽仿佛催眠术，却与禁厌不同，盖一是必然而一是非必然，故祝由科与狐犬终不是一类也。

白香的文章颇多谐趣，在《游山日记》中最为常见，卷一记嘉庆九年六月甲子（初七日）事有一节云：

五老峰常在云中，不能识面。峰半僧庐为博徒所据，不可居。西辅至峰寺，云亦下垂，至寺门一无所见，但闻呼卢声，亦不知五峰绝顶尚离寺几千丈也。

《游山日记》是一部很有趣的书，其中记郡掾问铁瓦，商人看乌金太子，都写得极妙，现在却不多抄了。林语堂先生曾说想把这书重印出来，我很赞成他的意思，希望这能够早日实现，所以我在这里少说一点亦正无妨耳。

二十四年九月廿四日，于北平。

**【锺校】**

①“卷”原作“巻”。

②“燮”原作“变”。

③“颍”原作“颖”，下同。

# 儿时的回忆

舒白香著《游山日记》卷二，嘉庆九年六月辛巳（二十四日）项下有一节云：

> 予三五岁时最愚。夜中见星斗阑干，去人不远，辄欲以竹竿击落一星代灯烛。于是乘屋而叠几，手长竿，撞星不得，则反仆于屋，折二齿焉。幸犹未龀，不致终废啸歌也。又尝随先太恭人出城饮某淑人园亭，始得见郊外平远处天与地合，不觉大喜而哗，诫御者鞭马疾驰至天尽头处，试扪之当异常石，然后旋车饭某氏未迟。太恭人怒且笑曰，痴儿，携汝未周岁自江西来，行万里矣，犹不知天尽何处，乃欲扪天赴席耶。予今者仅居此峰，去人间不及万丈，顾已沾沾焉自炫其高，其愚亦正与孩时等耳。随笔自广，以博一笑。

这一段小文写得很有意思，而且也难得，因为中国看不起小孩，所以文学中写儿童生活的向来不大有。宋赵与时著《宾退录》卷六记路德延处朱友谦幕，作孩儿诗五十韵，有数联云：

寻蛛穷屋瓦，采雀遍楼椽。

匿窗肩乍曲，遮路臂相连。

竞指云生岫，齐呼月上天。

忽升邻舍树，偷上后池船。

描写小孩嬉游情形颇妙，赵君亦称之曰，书毕回思少小嬉戏之时恍如昨日，但仍要说路作此诗“以讥友谦”，至于原诗本不见讽刺之迹，不过末联云：明时方在德，戒尔减狂颠，亦总未免落套。白香记其孩时事，却又要说到现今之愚，其未能脱窠臼正相同也。

近来得见“扁舟子自记履历”一本，系吾乡范啸风先生自著年谱手稿，记道光十年庚寅至光绪二十年甲午凡六十五年间事。啸风名寅，同治癸酉科副榜，著《越谚》五卷行于世，其行事多奇特，我在重印《越谚》跋中略有说及。年谱所记事不必尽奇而文殊妙，多用方言俗字，惜后半太略，但其特别可取者亦在所叙儿时琐事，大抵在别家年谱中所很难找到也。道光年纪事中云：

十二年壬辰，三岁。春，出天花而麻。

祖父母父母尝谓予曰，尔出天花，患惊数昼

夜，祖父请有名痘医孙旸谷先生留家不肯放归。刺鸡冠，割羊尾，搓桑蚕，皆祖父母亲手安排，迨毒食吃足而痘见点。迨灌浆，痒而要搔，母亲日夕不眠而管视予手，卒至于麻，亦天数也。

十三年癸巳，四岁。发野性，啼号匍匐遍宅第。

是春之暮，天气翻潮，地润。领予之工妇张姓者故逆吾意，吾啼，而张妇益逆之，遂赖地匍匐于堂中，西入式二婶廊下门，由庶曾祖母房历其灶间侧楼下而入叔祖母房中之卧榻下。父母祖父母皆惊霍失措，唯祖父疑予患痧腹痛，而给予出床下，以通关散入鼻喷嚏，啼乃止。手足衣面皆涂黑如炭，又皆笑之。

二十年庚子，十一岁。庭训。戏学著书。

是岁之夏全家多病痗[1]，唯余无恙。先君子初患类疟，既而成三阴疟，自夏徂秋，至冬未愈，遂荒读。余搜药纸作小本，与诸弟及堂弟仰泉沈氏表弟伯卿辈嬉戏濡笔，涂于药纸小本上曰，某年月日，父病，化三阴疟。某月日，兄病伤寒，十四日身凉，发顶结如饼，剃匠百有用搅刀割通而梳之，又蜕发，其辫如钻。

年谱中又常记所见异物，有一则系在儿时：

十四年甲子，五岁。入塾读书。见雷神。

是年学村童骂人，大姊恐之曰，雷将击尔，可骂人乎。奇龄弟亦同骂人。一日雷电交作，大姊扯余及弟同跪于堂阶上朝南，而霹雳至，大姊逃入廊下，奇龄弟亦惊啼而逃入。予跪而独见雷电之神果随霹雳由西厅栋而来，先一神瘦长，锐头毛脸，细脚，两翼联腋间，随声跳跃。余南面而跪，彼北面而来，至中厅檐间即转身向东南栋逃出而去。又一声霹雳，如前神而稍肥矮者跳跃来往均如之。予大呼姊来同视，而姊掩耳不闻。迨父母出来，起予。跪而告之，父母皆谓我荒诞云。

此外记所见尚有两次，一为道光三十年庚戌二十一岁时，云七月见两头蛇于灶，一为咸丰二年壬子二十三岁在安徽颍[2]州府署，云十二月夜见反案鬼于书斋花坞。据说蛇类中原有首尾相似者，两头蛇之谜不难解，唯反案鬼不知是何状，查《越谚》卷中鬼怪类虽有大头鬼独脚魑等十几种，却不见有反案鬼，我自己回想小时候所闻见的各式鬼怪，也想不起这一种来，觉得很是可惜。难道这是颍州地方所特有的么?仔细的想又似乎未必然。

我最初还是在日本书中见到描画儿童生活的诗

文，我喜欢俳谐寺一茶的文集《俺的春天》，曾经抄译过几节。维新以后有坂本文泉子的《如梦》一卷，用了子规派的写生文纪述儿时情景，共九章，明治四十二年（一九〇九）印成单行本，现在却早绝版了。二十多年前在三田小店买来的红布面小本至今常放在案头，读了总觉得喜欢，可是还不敢动笔译述。同一年出版的有森鸥外的小说 *Vita Sexualis* 可译称《性的生活》，初出即被禁止发卖，但是近年已解禁，各选集及全集里都已收入了。我在当时托了原杂志发行所的一位伙计设法找到一册，花了一块半钱，超过了原价六倍，我译了一部分登在《北新》半月刊上，后来看看举世谈风化名教要紧了，这工作就停止，其中记六岁至十岁时的几节事情，想要选抄一段在这里，也踌躇再四而罢。为什么呢？这一时说不清楚，我们也可以说，此只是儿童生活之一侧面，可暂缓议吧。不过，春之觉醒问题侵入文艺及教育实在是极当然的，就只是我们还没有理解和接受这个的雅量而已。

外国文学里写儿童生活的很多，挂一漏万，且不说吧。当代文人的作品不曾调查，亦未能详。上边只是看到想到，随便谈谈罢了。我只愿意听人家讲点小时候的故事，自然是愈讲得好愈好，至于我自己则儿时并无什么可回忆也。

［补记］今日阅范君遗稿，在《墨妙亭诗稿》第一卷纪事类中见有七言古诗一首，题曰“两头蛇（并记）”。记文云：

道光卅年庚戌，六月廿有一日午时，家人摊饭，爨妇浣衣，予独以事诣厨。闻灶上瑟缩声，视之，一小蛇，长约五寸，有彳亍跋疐状，谛视之乃两头蛇也。久而一头入石缝，一头留外视我，遂欲斩，恐螫，寻器，被爨妇诘知之，家人咸起视。予曰，避之，莫汝毒也，我将杀以埋。慈亲向敬神仁物，谓曰，尔独见，吾疑焉，问神而信则从，否则止。卜之而非。予急欲斩之，此蛇复从石缝出，忽变大蛇，长丈许，向西北去，真怪事也。诗以纪之。

诗不大佳，今未录，唯首句“两头蛇，蛇两头”下有注云：

《续博物志》卷九载，两头蛇马鳖食牛血所化。《尔雅》释地五方，中有枳首蛇焉。注，歧头蛇也，或曰，今江东呼两头蛇为越王约发，亦名弩弦。疏，此即两头蛇也。然则歧头两头皆并头之谓，此则尾亦为头。

此一节可以补年谱之阙，只可惜关于反案鬼还是找不到材料，诗稿中也有几首是在颍州时所作，却并没有说到该鬼的事。年谱说见两头蛇在七月，诗稿则云六月二十一日，想应当以诗稿为可信也。

廿四年十月十六日记。

【锺校】

①“痗”原作“悔”。

②“颍”原作“颖”，下同。

# 畏天悯人

刘熙载著《艺概》卷一《文概》中有一则云：

> 畏天悯人四字见文中子《周公篇》，盖论《易》也。今读《中说》全书，觉其心法皆不出此意。

查《中说》卷四云：

> 文中子曰，《易》之忧患，业业焉，孜孜焉，其畏天悯人，思及时而动乎。

关于《周易》我是老实不懂，没有什么话说，《中说》约略翻过一遍，看不出好处来，其步趋《论语》的地方尤其讨厌，据我看来，文中子这人远不及王无功有意思。但是上边的一句话我觉得很喜欢，虽然是断章取义的，意义并不一样。

天就是"自然"。生物的自然之道是弱肉强食，适者生存。河里活着鱼虾虫豸，忽然水干了，多少万的生物立即枯死。自然是毫无感情的，《老子》称之曰天地不仁。人这生物本来也受着这种支配，可是他要不安分地去想，想出不自然的仁义来。仁义有什么不好，这是很合于理想的，只是苦于不能与事实相合。不相信仁义的有福了，他可以老实地去做一只健全的生物。相信的以为仁义即天道，也可以圣徒似地闭了眼祷告着过一生，这种人虽然未必多有。许多的人看清楚了事实却又不能抛弃理想，于是唯有烦闷。这有两条不同的路，但觉得同样地可怜。一是没有法。正如巴斯加耳说过，他受了自然的残害，一点都不能抵抗，可是他知道如此，而“自然”无知，只此他是胜过自然了。二是有法，即信自然是有知的。他也看见事实打坏了理想，却幻想这是自然用了别一方式去把理想实现了。说来虽似可笑，然而滔滔者天下皆是也，我们随便翻书，使可随时找出例子来。

最显明的例是讲报应。原来因果是极平常的事，正如药苦糖甜，由于本质，或杀人偿命，欠债还钱，是法律上所规定，当然要执行的。但所谓报应则不然。这是在世间并未执行，却由别一势力在另一时地补行之，盖是弱者之一种愿望也。前读笔记，见此类纪事很以为怪，曾云：

> 我真觉得奇怪，何以中国文人这样喜欢讲那一套老话，如甘蔗滓的一嚼再嚼，还有那么好的滋味。

最显著的一例是关于所谓逆妇变猪这类的记事。在阮元的《广陵诗事》卷九中有这样的一则云云。阮云台本非俗物，于考据词章之学也有成就，乃喜纪录此等恶滥故事，殊不可解。

近日读郝懿行的诗文随笔，此君文章学识均为我所钦敬，乃其笔录中亦常未能免俗。又《袁小修日记》上海新印本出版，比所藏旧本多两卷，重阅一过，发见其中谈报应的亦颇不少，而且多不高明。因此乃叹此事大难，向来乱读杂书，见关于此等事思想较清楚者只有清朝无名的两人，即汉军刘玉书四川王侃耳。若大多数的人则往往有两个世界，前世造了孽，所以在这世无端地挨了一顿屁股或其他，这世作了恶，再拖延到死后去下地狱，这样一来，世间种种疑难杂事大抵也就可以解决了。

从报应思想反映出几件事情来。一是人生的矛盾。理想是仁义，而事实乃是弱肉强食。强者口说仁义，却仍吃着肉。皇帝的事情是不敢说的了，武人官吏土豪流贼的无法无天怎么解说呢？这只能归诸报应，无论是这班杀人者将来去受报也好，或者被杀的本来都是来受报的也好，总之这矛盾就搪塞过去了。二是社会的缺陷。有许多恶事，在政治清明法律完备的国家大抵随即查办，用不着费阴司判官的心的，但是在乱世便不可能，大家只好等候侠客义贼或是阎罗老子来替他们出气，所以我颇疑《水浒传》《果报录》的盛行即是中国社会混乱的一种证据。可是也有在法律上不成大问题的，文人看了很觉得可恶，大有欲得而甘心之意，也就在他笔下去办他一下，那自然更是无聊，这里所反映出来的乃只是道学家的脾气罢了。

甘熙著《白下琐言》卷三有一则云：

> 正阳门外有地不生青草，为方正学先生受刑处。午门内正殿堤石上有一凹，雨后拭之血痕宛然，亦传为草诏时齿血所溅。盖忠义之气融结宇宙间，历久不磨，可与黄公祠血影石并传。

这类的文字我总读了愀然不乐。孟德斯鸠临终有言，据严幾道说，帝力之大如吾力之为微。人不承认自己的微，硬要说得阔气，这是很可悲的事。如上边所说，河水干了，几千万的鱼虾虫豸一齐枯死。一场恶战，三军覆没，一场株连，十族夷火，死者以万千计。此在人事上自当看作一大变故，在自然上与前者事同一律，天地未必为变色，宇宙亦未必为震动也。河水不长则陆草生焉，水长复为小河，生物亦生长如故，战场及午门以至弼教坊亦然，土花石晕不改故常，方正学虽有忠义之气，岂能染污自然尺寸哉。俗人不悲方君的白死，宜早早湮没借以慰安之，乃反为此等曲说，正如茅山道士讳虎噬为飞升，称被杀曰兵解，弥复可笑矣。曾读英国某人文云，世俗确信公理必得最后胜利，此不尽然，在教派中有先屈后伸者，盖因压迫者稍有所顾忌，芟夷不力之故，古来有若干宗派确被灭尽，遂无复孑遗。此铁冷的事实正纪录着自然的真相，世人不察，却要歪曲了来说，天让正人义士被杀了，还很爱护他，留下血迹以示褒扬。倘若真是如此，这也太好笑，岂不与猎师在客座墙上所嵌的一个鹿头相同了么？王彦章曰，豹死留皮，人死留名。豹的一生在长林丰草间，及为虎咬蛇吞，便干脆了事，不幸而死于猎户之手，多留下一张皮毛为贵人作坐垫，此正是豹之“兽耻”也。彦章武夫，不妨随便说，若明达之士应知其非。闻有法国诗人微尼氏曾作一诗曰《狼之死》，有画廊派哲人之风，是殆可谓的当的人生观欤。

[附记］年纪大起来了，觉得应该能够写出一点冲淡的文章来吧。如今反而写得那么剑拔弩张，自己固然不中意，又怕看官们也不喜欢，更是过意不去。

十月三日记。

# 入厕读书

郝懿行著《晒书堂笔录》卷四有《入厕读书》一条云：

> 旧传有妇人笃奉佛经，虽入厕时亦讽诵不辍，后得善果而竟卒于厕，传以为戒。虽出释氏教人之言，未必可信，然亦足见污秽之区，非讽诵所宜也。《归田录》载钱思公言平生好读书，坐则读经史，卧则读小说，上厕则阅小词，谢希深亦言宋公垂每走厕必挟书以往，讽诵之声琅然闻于远近。余读而笑之，入厕脱裤，手又携卷，非惟太亵，亦苦甚忙，人即笃学，何至乃尔耶。至欧公谓希深言平生所作文章多在三上，乃马上枕上厕上也，盖惟此尤可以属思尔，此语却妙，妙在亲切不浮也。

郝君的文章写得很有意思，但是我稍有异议，因为我是颇赞成厕上看书的。小时候听祖父说，北京的跟班有一句口诀云，老爷吃饭快，小的拉矢快，跟班的话里含有一种讨便宜的意思，恐怕也是事实。一个人上厕的时间本来难以一定，但总未必很短，而且这与吃饭不同，无论时间怎么短总觉得这是白费的，想方法要来利用他一下。如吾乡老百姓上茅坑时多顺便喝一筒旱烟，或者有人在河沿石磴下淘米洗衣，或有人挑担走过，又可以高声谈话，说这米几个铜钱一升或是到什么地方去。读书，这无非是喝旱烟的意思罢了。

话虽如此，有些地方原来也只好喝旱烟，于读书是不大相宜的。上文所说浙江某处一带沿河的茅坑，是其一。从前在南京曾经寄寓在一个湖南朋友的书店里，这位朋友姓刘，我从赵伯先那边认识了他，那年有乡试，他在花牌楼附近开了一家书店，我患病住在学堂里很不舒服，他就叫我住到他那里去，替我煮药煮粥，招呼考相公卖书，暗地还要运动革命，他的精神实在是很可佩服的。我睡在柜台里面书架子的背后，吃药喝粥都在那里，可是便所却在门外，要走出店门，走过一两家门面，一块空地的墙根的垃圾堆上。到那地方去我甚以为苦，这一半固然由于生病走不动，就是在康健时也总未必愿意去的，是其二。民国八年夏我到日本日向去访友，住在一个名叫木城的山村里，那里的[①]便所虽然同普通一样上边有屋顶，周围有板壁门窗，但是他同住房离开有十来丈远，孤立田间，晚间要提了灯笼去，下雨还得撑伞，而那里雨又似乎特别多，我住了五天总有四天是下雨，是其三。末了是北京的那种茅厕，只有一个坑两垛砖头，雨淋风吹日晒全不管。去年往定州访伏园，那里的茅厕是琉球式的，人在岸上，猪在坑中，猪咕咕的叫，不习惯的人难免要害怕，哪有工夫看什么书，是其四。《语林》云，石崇厕有绛纱帐大床，茵蓐甚丽，两婢持锦香囊，这又是太阔气了，也不适宜。其实我的意思是很简单的，只要有屋顶，有墙有窗有门，晚上可以点灯，没有电灯就点白蜡烛亦可，离住房不妨有二三十步，虽然也要用雨伞，好在北方不大下雨。如有这样的厕所，那么上厕时随意带本书去读读我想倒还是吭啥的吧。

谷崎润一郎著《摄阳随笔》中有一篇《阴翳礼赞》，第二节说到日本建筑的厕所的好处。在京都奈良的寺院里，厕所都是旧式的，阴暗而扫除清洁，设在闻得到绿叶的气味青苔的气味的草木丛中，与住房隔离，有板廊相通。蹲[2]在这阴暗光线之中，受着微明的纸障的反射，耽于瞑想，或望着窗外院中的景色，这种感觉真是说不出地好。他又说：

我重复地说，这里须得有某种程度的阴暗，

> 彻底的清洁，连蚊子的呻吟声也听得清楚地寂静，都是必须的条件。我很喜欢在这样的厕所里听萧萧地下着的雨声。特别在关东的厕所，靠着地板装有细长的扫出尘土的小窗，所以那从屋檐或树叶上滴下来的雨点，洗了石灯笼的脚，润了砧脚石上的苔，幽幽地沁到土里去的雨声，更能够近身地听到。实在这厕所是宜于虫声，宜于鸟声，亦复宜于月夜，要赏识四季随[3]时的物情之最相适的地方，恐怕古来的俳人曾从此处得到过无数的题材吧。这样看来，那么说日本建筑之中最是造得风流的是厕所，也没有什么不可。

谷崎压根儿是个诗人，所以说得那么好，或者也就有点华饰，不过这也只是在文字上，意思却是不错的。日本在近古的战国时代前后，文化的保存与创造差不多全在五山的寺院里，这使得风气一变，如由工笔的院画转为水墨的枯木竹石，建筑自然也是如此，而茶室为之代表，厕之风流化正其馀波也。

佛教徒似乎对于厕所向来很是讲究。偶读大小乘戒律，觉得印度先贤十分周密地注意于人生各方面，非常佩服，即以入厕一事而论，后汉译《大比丘三千威仪》下列举“至舍后者有二十五事”，宋译《萨婆多部毗尼摩得勒伽》六自“云何下风”至“云何筹草”凡十三条，唐义净著《南海寄归内法传》二有第十八“便利之事”一章，都有详细的规定，有的是很严肃而幽默，读了忍不住五体投地。我们又看《水浒传》鲁智深做过菜头之后还可以升为净头，可见中国寺里在古时候也还是注意此事的。但是，至少在现今这总是不然了，民国十年我在西山养过半年病，住在碧云寺的十方堂里，各处走到，不见略略像样的厕所，只如在《山中杂信》五所说：

> 我的行踪近来已经推广到东边的水泉。这地方确是还好，我于每天清早没有游客的时候去徜徉一会，赏鉴那山水之美。只可惜不大干净，路上很多气味，——因为陈列着许多《本草》上的所谓人中黄。我想中国真是一个奇妙的国，在那里人们不容易得着营养料，也没有方法处置他们的排泄物。

在这种情形之下，中国寺院有普通厕所已经是大好了，想去找可以瞑想或读书的地方如何可得。出家人那么拆④烂污，难怪白衣矣。

但是假如有干净的厕所，上厕时看点书却还是可以的，想作文则可不必。书也无须分好经史子集，随便看看都成。我有一个常例，便是不拿善本或难懂的书去，虽然看文法书也是寻常。据我的经验，看随笔一类最好，顶不行的是小说。至于朗诵，我们现在不读八大家文，自然可以无须了。

十月。

【锺校】

①“的”原作“时”。

②“蹲”原作“踯”。

③“随”原作“陈”。

④“拆”原作“柝”。

# 《广东新语》



近来买了一两部好书。不，这所谓好书，只是自己觉得喜欢罢了，并不是什么难得的珍本，反正这都是几块钱一部的书，因为价廉所以觉得物美也未可知。这书一部是金圣叹的《唱经堂才子书汇稿》，一部是屈翁山的《广东新语》。著者是明朝的遗民，书却都是清朝版，差幸是康熙年的刻本，还觉得可喜。我平常有一种怪脾气，顶讨厌那书里的避讳字，特别是清朝的。譬如桓字没有末笔，便当作“帖体”看待，玄弘二字虽然宋朝也有，却有点看不顺眼了。至于没臂膊的胤字与没有两只脚的颙字则简直不成样子，见了令人生气。顺治时刻的书没有这些样子，所以顶干净，康熙刻本里只有两个字，烨字又很少见，也还将就得过去，至于书刻得精不精尚在其次。

我很喜欢讲风物的书。小时候在丛书里见到《南方草木状》《岭表录异》《北户录》等小册子，觉得很有兴味，唐以后书似乎没有什么了，《尔雅》统系的自然在外。明朝的有谢在杭的《五杂组》十六卷，虽然并不是讲一地方的，物部四卷里却有不少的好材料，而且文章也写得简洁有致。志地方风物的我在先有周栎园的《闽小记》四卷，今又加上这《广东新语》二十八卷，同样是我所爱读的。这本来与古地志如朱长文的《吴郡图经续记》，高似孙的《剡录》等该是同类，不过更是随笔的了，文艺趣味因此增高，在乙部的地位也就变动，虽然还自有其价值。《五杂组》卷一有一则记闽中雪云：

> 闽中无雪，然间十馀年亦一有之，则稚子里儿奔走狂喜，以为未始见也。余忆万历戊子二月初旬天气陡寒，家中集诸弟妹构火炙蛎房啖之，俄而雪花零落如絮，逾数刻地下深几六七寸，童儿争聚为鸟兽，置盆中戏乐，故老云数十年未之见也。至岭南则绝无矣。柳子厚答韦中立书云，二年冬大雪，逾岭被越中数州，数州之犬皆仓皇噬吠，狂走累日。此言当不诬也。

《广东新语》卷一《天语》中说冰云：

> 粤无冰，其民罕知有南风合冰东风[1]解冻之说。岁有微霜则百物蕃盛，谚曰，勤下粪不如早犁田，言打霜也。冰生于霜，粤无冰，以无霜也，故语曰岭南无地着秋霜，又曰天蛮不落雪。

即或有微冰，辄以为雪，或有微雪以为冰，人至白首有冰雪不能辨者。……或极寒亦有微霰，然未至地已复为雨矣。少陵云，南雪不到地，是矣。

二文均佳，而《新语》娓娓百十言说粤之无冰无霜雪乃尤妙。或言有撰《北欧冰地志》者，其第二十章曰《关于蛇类》，文只一句云，“冰地无蛇”。庄谐不同，大意有相似者。卷二《地语》中记陈村茭塘洸口四市茶园诸文并佳，今节录其《四市》一文之上半云：

东粤有四市。一曰药市，在罗浮冲虚观左，亦曰洞天药市。有捣药禽，其声玎珰如铁杵[②]臼相击。一曰红翠，山中人视其飞集之所知有灵药。罗浮故多灵药，而以红翠为导，故亦称药师。一曰香市，在东莞之寥步，凡莞香生熟诸品皆聚焉。一曰花市，在广州七门，所卖止素馨，无别花，亦犹洛阳但称牡丹曰花也。一曰珠市，在廉州城西卖鱼桥畔，盛平时蚌壳堆积，有如玉阜。土人多以珠肉饷客，杂姜齑，食之味甚甘美，其细珠若粱粟者亦多实于腹中矣。语曰，生长海隅，食珠衣珠。

又卷三《山语》中记罗浮山有云：

山远视之，一云也。大约阴则云在上，晴则

云在下，半阴半晴则云在中以为常，顶曰飞云，言常在云中不可见也。又罗山在西多阴，故云常在其上，浮山在东多阳，故云常在其下。日之出浮山先见，而罗山次之，以云在其下故也。

石洞多石，一山之石若皆以此为归，大小积叠无根柢。有曰挂冠石者，一砥一峙，峙者高数寻，砥者可坐人百许，尤杰出。自石罅行百馀武，夹壁一悬泉，仅三十尺，影蔽枫林而下，猿猴饮者出没水花中，见人弗畏。此洞之最幽处也。

《新语》的文章不像《景物略》或《梦忆》那样波峭，但清疏之中自有幽致。全书中佳文甚多，不胜誊录，其特别有意思者则卷十二《诗语》中有《粤歌》一则，凡二千三百馀言，纪录民间歌谣，今抄取数节：

粤俗好歌，凡有吉庆必唱歌以为欢乐，以不露题中一字，语多双关而中有挂折者为善。挂折者，挂一人名于中，字相连而意不相连者也。其歌也，辞不必全雅，平仄不必全叶，以俚言土音衬贴之，唱一句或延半刻，曼声长节，自回自复，不肯一往而尽。辞必极其艳，情必极其至，使人喜悦悲酸而不能已已，此其为善之大端也。……其歌之长调者如唐人《连昌宫词》《琵琶行》等，至数百言千言，以三弦合之，每空中弦以起止，盖太簇调也，名曰摸鱼歌。或妇女岁时聚会，则使瞽师唱之，如元人弹词曰某记某记者，皆小说也，其事或有或无，大抵孝义贞烈之事为多，竟日始毕一记，可劝可戒，令人感泣沾襟。其短调踏歌者不用弦索，往往引物连类，委曲譬喻，多如子夜竹枝。如曰：中间日出四边雨，记得有情人在心。曰：一树石榴全着雨，谁怜粒粒泪珠红。曰：灯心点着两头火，为娘操尽几多心。曰：妹相思，不作风流到几时，只见风吹花落地，那见风吹花上枝。《蜘蛛曲》[3]曰：天旱蜘蛛结夜网，想晴只在暗中丝。又曰：蜘蛛结网三江口，水推不断是真丝。又曰：妹相思，蜘蛛结网恨无丝，花不年年在树上，娘不年年作女儿。《竹叶歌》曰：竹叶落，竹叶飞，无望翻头再上枝，担伞出门人叫嫂，无望翻头做女时。《素馨曲》曰：素馨棚下梳横髻，只为贪花不上头，十月大禾未入米，问娘花浪几时收。……有曰：一更鸡啼鸡拍翼，二更鸡啼鸡拍胸，三更鸡啼郎去广，鸡冠沾得泪花红。有曰：岁晚天寒郎不回，厨中烟冷雪成堆，竹篙烧火长长炭，炭到天明半作灰。有曰：柚子批皮瓤有心，小时则剧到如今，头发条条梳到尾，鸳鸯怎得不相寻。有曰：大头竹笋作三椏，敢好后生无置家，敢好早禾无入米，敢好攀枝无晾花。敢好者，言如此好也。

李雨村辑《南越笔记》十六卷，多抄《新语》原文，此篇亦在内，题曰《粤俗好歌》，但均不注出处，是一大毛病。《闽小记》文章亦佳，栎园思想却颇旧，不大能够了解那时的新文艺倾向，故书中关于闽歌没有类似的纪载，或者因为他不是本地人，所以不懂得，也说不定。清末郭柏苍著《竹间十日话》六卷，卷五中有一则云：

月光光，照池塘，骑竹马，过洪塘，洪塘水深不得渡，娘子撑船来接郎。此福州儿辈曲也，明韩晋之先生载入文集中，谓此古三言诗也，闽无风，此却可当闽风。村农插秧歌云：等郎等到月上时，月今上了郎未来。（叶音黎。《诗》：羊牛下来。《王母白云谣》：尚复能来。）莫是奴屋山低月出早，莫是郎屋山高月出迟？不是出早与出迟，大半是郎没意来。记得当初未娶嫂，三十无月暗也来。词虽鄙亵，往复再三，亦文人才士托兴彤管也。

墨憨斋整十卷的编刊《山歌》只好算是例外，像这样能够赏识一点歌谣之美者在后世实在也是不可多得了。

屈翁山在明遗民中似乎是很特别的一个，其才情似钱吴，其行径似顾黄，或者还要崛强点，所以身后著作终于成了禁书，诗文集至今我还未曾买得。《广东新语》本来也在禁中，清末在广东有了重刊本，通行较多。就是在这记风物的书中，著者也时时露出感愤之气，最显著的是卷二《地语》中《迁海》这一篇，其上半云：

> 粤东濒海，其民多居水乡，十里许辄有万家之村，千家之寨，自唐宋以来，田庐丘墓子孙世守之勿替，鱼盐蜃蛤之利藉为生命。岁壬寅二月忽有迁民之令，满洲科尔坤介山二大人者亲行边徼，令滨海民悉徙内地五十里，以绝接济台湾之患。于是麾兵折界，期三日尽夷其地，空其人，民弃资携累，仓卒奔逃，野处露栖，死亡载道者以数十万计。明年癸卯华大人来巡边界，再迁其民。其八月，伊吕二大人复来巡界。明年申辰三月，特大人又来巡界。遑遑然以海防为事，民未尽空为虑，皆以台湾未平故也。先是人民被迁者以为不久即归，尚不忍舍离骨肉，至是飘零日

久，养生无计，于是父子夫妻相弃，痛哭分携，斗粟一儿，百钱一女，豪民大贾致有不损锱[4]铢不烦粒米而得人全室以归者。其丁壮者去为兵，老弱者展转沟壑，或合家饮毒，或尽孥[5]投河。有司视如蝼蚁，无安插之恩，亲戚视如泥沙，无周全之谊。于是八郡之民死者又以数十万计。民既尽迁，于是毁屋庐以作长城，掘坟茔而为深堑，五里一墩，十里一台，东起大虎门，西迄防城，地方三千馀里，以为大界，民有阑出咫尺者执而诛戮之，而民之以误出墙外死者又不知几何万矣。自有粤东以来，生灵之祸莫惨于此。

这一篇可以说是文情俱至了，然而因此难免于违碍，此正是常例也。书中禽兽草木诸语中尚多有妙文，今不再录，各文大抵转抄在《南越笔记》中，容易得见，若《迁海》者盖不可见者也。

廿四年九月十一日，于北平。

【锺校】

①“风”原作“南”。

②“杵”原作“杆”。

③“《蜘蛛曲》”原作“蛛蜘曲”。

④“锱”原作“锚”。

⑤“孥”原作“帑”。

# 《岭南杂事诗钞》



近来不知怎的似乎与广东很有缘分，在一个月里得到了三部书，都是讲广东风土的。一是屈大均著的《广东新语》二十八卷，一是李调元辑的《南越笔记》十六卷，一是陈坤著的《岭南杂事诗钞》八卷。这都不是去搜求来的，只是偶尔碰见，随便收下，但是说这里仍有因缘，那也未始不可以这样说。我喜欢看看讲乡土风物的书，此其一。关于广东的这类书较多，二也。本来各地都有这些事可讲，却是向来不多见，只有两广是特别，自《南方草木状》《北户录》《岭表录异》以来著述不绝，此外唯闽蜀略可相比，但热闹总是不及了。

屈翁山是明朝的遗民，《广东新语》成了清朝的禁书，这于书也是一个光荣吧。但就事论事，我觉得这是一部很好的书，内容很丰富，文章也写得极好，随便取一则读了都有趣味，后来讲广东事情的更忍不住要抄他。其分类为天地山水石等二十八语，奇而实在，中有坟语香语，命名尤可喜。从前读《酉阳杂俎》，觉得段柯古善于立新奇的篇名，如《尸穸》，如《黥》，如《肉攫部》等，《新语》殆得其遗意欤。卷八《女语》中乃列入《椓者》一则，殊觉可笑，本来已将疯人和盗收在卷七《人语》之末，那么椓者亦何妨附骥尾？但我在这条里得到很好的材料，据说五代末刘鋹时重用宦官，"进士状头或释道有才略可备问者皆下蚕室，令得出入宫闱"，因知明朝游龙戏凤的正德皇帝之阉割优伶盖亦有所本也。

《南越笔记》出来的时候《广东新语》恐怕已经禁止了，但如我上边所说，李雨村确也忍不住要抄他，而且差不多全部都选抄。原来说是辑，所以这并不妨，只可惜节改得多未能恰好。卷四有《南越人好巫》一则，系并抄《新语》卷六《神语》中《祭厉》及《二司》之文。而加"南越人好巫"一语于其前，即用作题目，据我看来似不及原本。《二司》条下列记五种神道，全文稍长今不具录，但抄其下半于左：

> 有急脚先锋神者，凡男女将有所私，从而祷之，往往得其所欲，以香囊酬之。神前香囊堆积，乞其一二，则明岁酬以三四。新兴有东山神者，有处女采桑过焉，歌曰，路边神，尔单身，

一蚕生二茧，吾舍作夫人。还家果一蚕二茧，且甚巨。是夜风雨大作，女失所之，有一红丝自屋起牵入庙中，追寻之，兀坐无声息矣。遂泥而塑之，称罗夫人。番禺石壁有恩情神者，昔有男女二人于舟中目成，将及岸，女溺于水，男从而援之，俱死焉，二尸浮出，相抱不解，民因祠以为恩情庙。此皆丛祠之淫者。民未知义，以淫祠为之依归，可悲也。

《笔记》所录没有民未知义以下十四字，我想还是有的好。这令我想起永井荷风的话来。荷风在所著《东京散策记》第二篇《淫祠》中曾说过：

我喜欢淫祠。给小胡同的风景添点情趣，淫祠要远胜铜像更有审美的价值。

他后来列举对那欢喜天要供油炸的馒头，对大黑天用双叉的萝卜，对稻荷神献奉油豆腐等等荒唐无稽的风俗之后，结论说道：

天真烂漫的而又那么鄙陋的此等愚民的习惯，正如看那社庙的滑稽戏和丑男子舞，以及猜谜似的那还愿的扁额上的拙稚的绘画，常常无限地使我的心感到慰安。这并不单是说好玩。在那道理上议论上都无可说的荒唐可笑的地方，细细地想时却正感着一种悲哀似的莫名其妙的心情也。

我们不能说屈翁山也有这种心情，但对于民众的行事颇有同情之处，那大抵是不错的吧。

《岭南杂事诗钞》有些小注也仍不能不取自《新语》，虽然并不很多，大约只是名物一部分罢了。卷一有一首咏急脚先锋的，注语与上文所引正同，诗却很有意思：

既从韩寿得名香，一瓣分酬锦绣囊。
但愿有情成眷属，神仙原自羡鸳鸯。

民国初年我在大路口地摊上得到过一个秘戏钱，制作颇精，一面"花月宜人"四大字，一面图上题八字云，"得成比翼，不羡神仙"。这与诗意可互相发明。《杂事诗》卷七又有咏露头妻的一首，诗云：

乍聚风萍未了因，镜中鸾影本非真。
浮生可慨如朝露，飞洒杨花陌路人。

注云：

粤俗小户人家男女邂逅，可同寝处，俨若夫妇，稍相忤触，辄仍离异，故谓之露头妻，犹朝露之易晞也。

案此即所谓姘头，国内到处皆有，大抵乡村较少，若都市商埠则极寻常。骈枝生著《拱辰桥踏歌》卷上有一则云：

东边封起鸳鸯山，西边宕出鸳鸯场。

鸳鸯飞来鸳鸯住，鸳鸯个恩情勿久长。

这几首诗都颇有风人之旨，因为没有什么轻薄或道学气，还可以说是温厚。这是《杂事诗钞》的一种特色。此外还有一种特色，则是所咏大部分是关于风俗的。《诗钞》全部八卷共三百八十八首，差不多有五卷都是人事，诗数在二百首以上。草木鸟兽虫鱼的记录在散文上容易出色，做成韵文便是咏物诗，咏得不工固然不好，咏得工又是别一样无聊，故集中才七十首，馀则皆古迹名胜也。卷五咏“半路吹”云：

妾本风前杨柳枝，随风飘荡强支持。

果能引凤秦台住，箫管何妨半路吹。

自注云：

粤俗贫家鬻女作妾，恐邻家姗笑，先向纳妾者商明，用彩舆鼓吹登门迎娶，至中途改装前往，谓之半路吹。

与上文露头妻均是好例，记述民间俚俗，而诗亦有风致。又卷七咏“火轮船”云：

机气相资水火功，不须人力不须风，

暗轮更比明轮稳，千里沧波一日通。

注云：

火轮船制自外洋，轮有明暗之分，以火蒸水

取气激轮而行，瞬息百里，巧夺天工，近年中华俱能仿造，长江内河一律驶用矣。

诗并不佳，只取其意思明达，对于新事物亦能了解耳。我们随便拿陶方琦的诗来比较，在《湘麋阁遗诗》卷二有《坐火轮车至吴淞》一诗，末四句云：

沪中地力久虚竭，凿空骋险宜荒陬。

自予不守安步戒，西人于汝夫何尤。

陶君虽是吾乡学者，但此等处自不甚高明，不能及陈子厚。陶诗作于光绪丁丑，《如不及斋集》亦在此时刻成，陈诗之作当在陶前也。

十月十日。

# 《隅田川两岸一览》

我有一种嗜好。说到嗜好平常总没有什么好意思，最普通的便是抽鸦片烟，或很风流地称之曰“与芙蓉城主结不解缘”。这种风流我是没有。此外有酒，以及茶，也都算是嗜好。我从前曾经写过一两篇关于酒的文章，仿佛是懂得酒味道似的，其实也未必。民十以后医生叫我喝酒，就每天用量杯喝一点，讲到我的量那是只有绍兴半斤，曾同故王品青君比赛过，三和居的一斤黄酒两人分喝，便醺醺大醉了。今年又因医生的话而停止喝酒，到了停止之后我乃恍然大悟自己本来不是喝酒的人，因为不喝也就算了，见了酒并不觉得馋。由是可知我是不知道酒的，以前喜欢谈喝酒还有点近于伪恶。至于茶，当然是每日都喝的，正如别人一样。不过这在我也当然不全一样，因为我不合有苦茶庵的别号，更不合在打油诗里有了一句“且到寒斋吃苦茶”，以至为普天下志士所指目，公认为中国茶人的魁首。这是我自己招来的笔祸，现在也不必呼冤叫屈，但如要就事实来说，却亦有可以说明的地方。我从小学上了绍兴贫家的习惯，不知道喝“撮泡茶”，只从茶缸里倒了一点“茶汁”，再羼上温的或冷的白开水，骨都骨都地咽下去。这大约不是喝茶法的正宗吧？夏天常喝青蒿汤，并不感觉什么不满意，我想柳芽茶大抵也是可以喝的。实在我虽然知道茶肆的香片与龙井之别，恐怕柳叶茶叶的味道我不见得辨得出，大约只是从习惯上要求一点苦味就算数了。现在每天总吃一壶绿茶，用一角钱一两的龙井或本山，约须叶二钱五分，计值银二分五厘，在北平核作铜元七大枚，说奢侈固然够不上，说嗜好也似乎有点可笑，盖如投八大枚买四个烧饼吃是极寻常事，用不着什么考究者也。

以上所说都是吃的，还有看的或听的呢？一九〇六年以后我就没有看过旧戏，电影也有十年不看了。中西音乐都不懂，不敢说有所好恶。书画古董随便看看，但是跑到陈列所去既怕麻烦，自己买又少这笔钱，也就没有可看，所有的几张字画都只是二三师友的墨迹，古董虽号称有“一架”，实亦不过几个六朝明器的小土偶和好些耍货而已。据尤西堂在《艮斋杂说》卷四说：

古人癖好有极可笑者。蔡君谟嗜茶，老病不能饮，则烹而玩之。吕行甫好墨而不能书，则时磨而小啜之。东坡亦云，吾有佳墨七十丸，而犹求取不已，不近愚耶。近时周栎园藏墨千铤，作祭墨诗，不知身后竟归谁何。子不磨墨，墨当磨子，此阮孚有一生几两屐之叹也。

这种风致唯古人能有，我们凡夫岂可并论，那么自以为有癖好其实亦是僭妄虚无的事，即使对于某事物稍有偏向，正如行人见路上少妇或要多看一眼，亦本是人情之自然，未必便可自比于好色之君子也。

说到这里，上文所云我有一种嗜好的话几乎须得取消了，但既是写下了也就不好那么一笔勾消，所以还只得接着讲下去。所谓嗜好到底是什么呢？这是极平常的一件事，便是喜欢找点书看罢了。看书真是平常小事，不过我又有点小小不同，因为架上所有的旧书固然也拿出来翻阅或检查，我所喜欢的是能够得到新书，不论古今中外新刊旧印，凡是我觉得值得一看的，拿到手时很有一种愉快，古人诗云，老见异书犹眼明，或者可以说明这个意思。天下异书多矣，只要有钱本来无妨“每天一种”，然而这又不可能，让步到每周每旬，还是不能一定办到，结果是愈久等愈希罕，好像吃铜槌饭者（铜槌者铜锣的槌也，乡间称一日两餐曰扁担饭，一餐则云铜槌饭），捏起饭碗自然更显出加倍的馋痨，虽然知道有旁人笑话也都管不得了。

我近来得到的一部书，共三大册，每册八大页，不过一刻钟可以都看完了，但是我却很喜欢。这书名为《绘本隅田川两岸一览》，葛饰北斋画，每页题有狂歌两首或三首，前面有狂歌师壶十楼成安序，原本据说在文化三年（一八〇六）出版，去今才百三十年，可是现在十分珍贵难得，我所有的大正六年（一九一七）风俗绘卷图画刊行会重刻本，木板着色和纸，如不去和原本比较，可以说是印得够精工的了，旧书店的卖价是日金五圆也。北斋画谱的重刻本也曾买了几种，大抵是墨印或单彩，这一种要算最好。卷末有刊行会的跋语，大约是久保田米斋的手笔，有云：

> 此书不单是描写蘸影于隅田川的桥梁树林堂塔等物，并仔细描画人间四时的行乐，所以亦可当作一种江户年中行事绘卷看，当时风习跃然现于纸上。且其图画中并无如散见于北斋晚年作品上的那些夸张与奇癖，故即在北斋所挥洒的许多绘本之中亦可算作优秀的佳作之一。

永井荷风著《江户艺术论》第三篇论“浮世绘之山

水画与江户名所”，以北斋广重二家为主，讲到北斋的这种绘本也有同样的批评：

看此类绘本中最佳胜的《隅田川两岸一览》，可以窥知北斋夙长于写生之技，又其戏作者的观察亦甚为锐敏。而且在此时的北斋画中，后来大成时代所常使我们感到不满之支那画的感化未甚显著，是很可喜的事。如《富岳三十六景》及《诸国瀑布巡览》，其设色与布局均极佳妙，是足使北斋不朽的杰作。但其船舶其人物树木家屋屋瓦等不知怎地都令人感到支那风的情趣。例如东都骏河台之图，佃岛之图，或武州多摩川之图，一见觉得不像日本的样子。《隅田川两岸一览》却正相反，虽然其笔力有未能完全自在处，但其对于文化初年江户之忠实的写生颇能使我们如所期望地感触到都会的情调。

又说明其图画的内容云：

书共三卷，其画面恰如展开绘卷似地从上卷至下卷连续地将四时的隅田川两岸的风光收入一览。开卷第一出现的光景乃是高轮的天亮。孤寂地将斗篷裹身的马上旅人的后边，跟着戴了同样的笠的几个行人，互相前后地走过站着斟茶女郎的茶店门口。茶店的芦帘不知道有多少家地沿着海岸接连下去，成为半圆形，一望不断，远远地在港口的波上有一只带着正月的松枝装饰的大渔船，巍然地与晴空中的富士一同竖着他的帆樯。第二图里有戴头巾穿礼服的武士，市民，工头，带着小孩的妇女，穿花衫的姑娘，挑担的仆夫，都趁在一只渡船里，两个舟子腰间挂着大烟管袋，立在船的头尾用竹篙刺船，这就是佃之渡。

要把二十几图的说明都抄过来，不但太长，也很不容易，现在就此截止，也总可以略见一斑了。

我看了日本的浮世绘的复印本，总不免发生一种感慨，这回所见的是比较近于原本的木刻，所以更不禁有此感。为什么中国没有这种画的呢？去年我在东京文求堂主人田中君的家里见到原刻《十竹斋笺谱》，这是十分珍重的书，刻印确是精工，是木刻史上的好资料，但事实上总只是士大夫的玩意儿罢了。我不想说玩物丧志，只觉得这是少数人玩的。黑田源次编的《支那古板画图录》里的好些“姑苏板”的图画那确是民间的了，其位置与日本的浮世绘正相等，我们看这些雍正乾隆时代的作品觉得比近来的自然要好一点，可是内容还是不高明。这大都是吉语的画，如五子登科之类，或是戏文，其描画风俗景色的绝少。这一点与浮世绘很不相同。我们可以说姑苏板是十竹斋的通俗化，但压根儿同是士大夫思想，穷则画五子登科，达则画岁寒三友，其雅俗之分只是楼上与楼下耳。还有一件事，日本画家受了红毛的影响，北斋与广重便能那么应用，画出自己的画来，姑苏板画中也不少油画的痕迹，可是后来却并没有好结果，至今画台阶的大半还是往下歪斜的。此外关于古文拳法汤药大刀等事的兴废变迁，日本与中国都有很大的差异，说起来话长，所以现在暂且不来多说了。

十月十九日，在北平记。

# 《幼小者之声》

柳田国男的著述，我平时留心搜求，差不多都已得到，除早年绝版的如《后狩词记》终于未能入手外，自一九〇九年的限定初版的《远野物语》以至今年新出的增补版《远野物语》，大抵关于民俗学的总算有了。有些收在预约的大部丛书里的也难找到，但从前在《儿童文库》里的两本《日本的传说》与《日本的故事》近来都收到春阳堂的《少年少女文库》里去，可以零买了，所以只花了二三十钱一本便可到手，真可谓价廉物美。又有一册小书，名为《幼小者之声》，是《玉川文库》之一，平常在市面上也少看见，恰好有一位北大的旧学生在玉川学园留学，我便写信给他，声明要敲一竹杠，请他买这本书送我，前两天这也寄来了。共计新旧大小搜集了二十五种，成绩总算不坏。

《幼小者之声》不是普通书店发行的书，可是校对特别不大考究，是一个缺点，如标题有好几处把著者名字都错作柳田国夫，又目录上末了一篇《黄昏小记》错作“黄昏小说”。这是“菊半截”百六页的小册子，共收小文六篇，都是与儿童生活有关系的。柳田的作品里有学问，有思想，有文章，合文人学者之长，虽然有时稍觉有艰深处，但这大抵由于简练，所以异于尘土地似干燥。第三篇题曰《阿杉是谁生的》(Osugi tareno ko？写汉字可云阿杉谁之子，但白话中儿子一语只作男性用，这里阿杉是女性名字，不能适用，只好改写如上文。)注云旅中小片，是很短的一篇，我读了觉得很有意思。其首两节云：

驿夫用了清晨的声音连连叫唤着走着，这却是记忆全无的车站名字。一定还是备后地方，因为三原丝崎尚未到着。揭起睡车的窗帘来看，隔着三町路的对面有一个稍高的山林，在村里正下着像我们小时候的那样的雨。说雨也有时代未免有点可笑，实在因为有山围着没有风的缘故吧，这是长而且直的，在东京等处见不到的那种雨。木栅外边有两片田地，再过去是一所中等模样的农家，正对这边建立着。板廊上有两个小孩，脸上显出玩耍够了的神气，坐着看这边的火车。在往学校之前有叫人厌倦地那么长闲时间的少年们真是有福了。

火车开走以后，他们看了什么玩耍呢？星期日如下了雨，那又怎样消遣呢？我的老家本来是小小的茅草顶的房子，屋檐是用杉树皮盖成的。板廊太高了，说是于小孩有危险，第一为我而举办的工事是粗的两枝竹扶栏，同时又将一种所谓竹水溜挂在外面的檐下，所以看雨的快乐就减少一点了。直到那时候，普通人家的屋檐下都是没有竹水溜的，因此檐前的地上却有檐溜的窟窿[1]整排的列着。雨一下来，那里立刻成为盆样的小池，雨再下得大一点，水便连作一片的在动。细的沙石都聚到这周围来。我们那时以为这在水面左右浮动的水泡就叫作檐溜的，各家的小孩都唱道，檐溜呀，做新娘吧！在下雨的日子到村里走走，就可以听见各处人家都唱这样的歌词：

檐溜呀，做新娘吧！

买了衣橱板箱给你。

小孩看了大小种种的水泡回转动着，有时两个挨在一起，便这样唱着赏玩。凝了神看着的时候，一个水泡忽然拍地消灭了，心里觉得非常惋惜，这种记忆在我还是幽微地存在。这是连笑的人也没有的小小的故事，可是这恐怕是始于遥远

> 的古昔之传统的诗趣吧。今日的都市生活成立以后这就窣地断掉了，于是下一代的国民就接受不着而完了，这不独是那檐溜做新娘的历史而已。

这文章里很含着惆怅，不只是学问上的民俗学者的关心，怕资料要消没了，实在是充满着人情，读了令人也同样地觉得惘然。《黄昏小记》也是很有意思的小文，如头几节云：

> 这是雨停止了的傍晚。同了小孩走下院子里去，折了一朵山茶花给他，叶上的雨点哗啦哗啦落在脸上了。小孩觉得很是好玩，叫我给他再摇旁边的一株枫树，自已去特地站在底下，给雨淋湿了却高声大笑。此后还四面搜寻，看有没有叶上留着雨水的树。小儿真是对于无意味的事会很感兴趣的。
>
> 我看着这个样子便独自这样的想，现在的人无端地忙碌，眼前有许多非做不可的和非想不可的事。在故乡的山麓寂寞地睡着的祖父的祖父的祖父的事情，因为没有什么关系了，也并不再想到，只简单地一句话称之曰祖宗，就是要去想，连名字也都不知道了。史书虽然尽有，平民的事迹却不曾写着。偶然有点馀留下来的纪录，去当作多忙的人的读物也未免有点太烦厌吧。

想要想像古昔普通人的心情，引起同情来，除了读小说之外没有别的方法。就是我们一生里的事件，假如做成小说，那么或者有点希望使得后世的人知道。可是向来的小说都非奇拔不可，非有勇敢的努力的事迹不可。人爱他的妻子这种现象是平凡至极的，同别的道德不一样，也不要良心的指导，也不用什么修养或勉强。不，这简直便不是道德什么那样了不得的东西。的确，这感情是真诚的，是强的，但是因为太平常了，一点都不被人家所珍重。说这样的话，就是亲友也会要笑。所以虽然是男子也要哭出来的大事件，几亿的故人都不曾在社会上留下一片纪录。虽说言语文章是人类的一大武器，却意外地有苛酷的用法的限制。若是同时代的邻人的关系，互相看着脸色，会得引起同情，这样使得交际更为亲密，但如隔了五百年或一千年，那就没有这希望了，只在名称上算是同国人，并不承认是有同样普通的人情的同样的人，就是这样用过情爱的小孩的再是小孩，也简直地把我们忘却了，或是把我们当作神佛看待，总之是[2]不见得肯给我们同等待遇就是了。

假如有不朽这么一回事，我愿望将人的生活

里最真率的东西做成不朽。我站在傍晚的院子里想着这样的事情。与人的寿命共从世间消灭的东西之中，有像这黄昏的花似地美的感情。自己也因为生活太忙，已经几乎把这也要忘怀了。

这里所说的虽是别一件事，即是古今千百年没有变更的父母爱子之情，但是惆怅还同上边一样，这是我所觉得最有意思的。柳田说古昔的传统的诗趣在今日都市生活里忽而断绝，下一代的国民就接受不着了事。又说平常人心情不被珍重纪录，言语文章的用法有苛酷的限制。这都包孕着深厚的意义，我对于这些话也都有同感。也有人看了可以说是旧话，但是我知道柳田对于儿童与农民的感情比得上任何人，他的同情与忧虑都是实在的，因此不时髦，却并不因此而失其真实与重要也。

十月二十七日。

**【锺校】**

①“窿”原作“垅”。

②“总之是”原作“总是之”。

# 蒋子潇《游艺录》

日前得到一册蒋子潇所著的《游艺录》，有山阴叶承沣的原序，无年月，此乃是光绪戊子长白豫山在湖南所重刻。书凡三卷，卷上凡三十三目，皆象纬推步舆地之说，从《蒋氏学算记》八卷中抄出，门人彭龄在目录后有附记，云门人等虽闻绪论，莫问津涯者也。卷下凡二十四目，皆从《读书日记》十卷中抄出，杂论各家学术得失。第三卷为别录，凡文八篇，叶序云仙佛鬼神之作，实则为论释道及刺麻教等关于宗教者七篇，又《天方声类》序一篇，乃以亚剌伯字来讲音韵也。

在这里边第一分简直一点不懂，第二分读了最觉得有意思，可佩服，虽然其后半讲医法术数的十四篇也不敢领教了。下卷各篇多奇论，如《九流》引龚定庵之言曰，九流之亡儒家最早。又《大儒五人》则列举郑司农、漳浦黄公、黄南雷、戴东原、钱竹汀。但我觉得有趣的，却是不关经学儒术大问题的文章，其论近人古文云：

余初入京师，于陈石士先生座上得识上元管同异之，二君皆姚姬传门下都讲也，因闻古文绪论，谓古文以方望溪为大宗，方氏一传而为刘海峰，再传而为姚姬传，乃八家之正法也。余时于方姚二家之集已得读之，唯刘氏之文未见，虽心不然其说而口不能不唯唯。及购得海峰文集详绎之，其才气健于方姚而根柢之浅与二家同，盖皆未闻道也。夫文以载道，而道不可见，于日用饮食见之，就人情物理之变幻处阅历揣摩，而准之以圣经之权衡，自不为迂腐无用之言。今三家之文误以理学家语录中之言为道，于人情物理无一可推得去，是所谈者乃高头讲章中之道也，其所谓道者非也。八家者唐宋人之文，彼时无今代功令文之式样，故各成一家之法，自明代以八股文为取士之功令，其熟于八家古文者，即以八家之法就功令文之范，于是功令文中钩提伸缩顿宕诸法往往具八家遗意，传习既久，千面一孔，有今文无古文矣。豪杰之士欲为古文，自必力研古书，争胜负于韩柳欧苏之外，别辟一径而后可以成家，如乾隆中汪容甫、嘉庆中陈恭甫，皆所谓开径自行者也。今三家之文仍是千面一孔之功令文，特少对仗耳。以不对仗之功令文为古文，是其所谓法者非也。余持此论三十年，唯石屏朱丹木所见相同。

八家以后的古文无非是不对仗的八股，这意见似新奇而十分确实，曾见谢章铤在《赌棋山庄随笔》亦曾说及，同意的人盖亦不少。我却更佩服他关于道的说法，道不可见，只就日用饮食人情物理上看出来，这就是很平常的[1]人的生活法，一点儿没有什么玄妙。正如我在《杂拌儿之二》序上所说，以科学常识为本，加上明净的感情与清澈的理智，调合成功一种人生观，"以此为志，言志固佳，以此为道，载道亦复何碍"。假如蒋君先是那样说明，再来主张文以载道，那么我就不会表示反对，盖我原是反对高头讲章之道，若是当然的人生之路，谁都是走着，所谓何莫由此道也。至于豪杰之士那种做古文法我们可以不论，大抵反抗功令时文只有两条路走，倒走是古文，顺走是白话，蒋君则取了前者耳。又有《袁诗》一则云：

乾隆中诗风最盛，几于户曹刘而人李杜，袁简斋独倡性灵之说，江南北靡然从之，自荐绅先生下逮野叟方外，得其一字荣过登龙，坛坫之局生面别开。及其既卒而嘲毁遍天下，前之以推袁

> 自矜者皆变而以骂袁自重，毁誉之不足凭，今古一辙矣。平心论之，袁之才气固是万人敌也，胸次超旷，故多破空之论，性海洋溢，故有绝世之情。所惜根柢浅薄，不求甚解处多，所读经史但以供诗文之料而不肯求通，是为袁之所短。若删其浮艳纤俗之作，全集只存十分之四，则袁之真本领自出，二百年来足以八面受敌者袁固不肯让人也。寿长名高，天下已多忌之，晚年又放诞无检，本有招谤之理，世人无其才学，不能知其真本领之所在，因其集中恶诗，遂并其工者而一概摈之，此岂公论哉。王述庵《湖海诗传》所选袁诗皆非其佳者，此盖有意抑之，文人相轻之陋习也。

这里对于随园的批评可谓公平深切，褒贬皆中肯，我们平常只见捧袁或骂袁的文章，这样的公论未曾见到过。我颇悔近来不读袁集，也因为手头没有，只凭了好些年前的回忆对于随园随便批评，未免失于轻率，我想还得研究一下再说。我并不骂他的讲性灵，大抵我不满随园的地方是在这里所说的根柢浅薄，其晚年无检实在也只是这毛病的一种征候罢。骂袁者不曾知其真本领，这话很是的确，王述庵实在也是如此，所以未能选取好诗，未必由于文人相轻。近年来袁中郎渐为人所注意，袁简斋也连带地提起，而骂声亦已大作，蒋君此文或可稍供参考，至于难得大众的赞同亦自在意中，古今一辙，作者与抄者均见惯不为怪也。

关于蒋子潇的著作和事迹，我从玄同借到《碑传集补》第五十卷，内有夏寅官的《蒋湘南传》，又从幼渔借到《七经楼文钞》六卷，其《春晖阁诗》六卷无从去借，只在书店里找来一册抄本，面题“盛昱校抄本陈蒋二家诗”，内收元和陈梁叔固始蒋子潇诗各一卷，各有王鹄所撰小传一篇，而蒋诗特别少，只有八页四十三首，纸尾有裁截痕，可知并非完本。夏寅官所作传大抵只是集录《文钞》中王济宏、刘元培、刘彤恩诸人序中语，只篇首云“先世本回部”为各序所无耳。王鹄小传则云，“故回籍也，而好食肉饮酒”，盖蒋君脱籍已久远，如《释藏总论》中云，“回教即婆罗门正派也”，便可见他对于这方面已是颇疏隔的了。夏传根据王序，云蒋于道光乙未中式举人，后乃云道光戊子仪征张椒云典河南乡试时所取中，自相矛盾。末又云：

> 林文忠尝笑椒云曰，吾不意汝竟得一大名士门生。

此盖亦根据王序，原文云：

> 往椒云方伯又为述林文忠公之言曰，吾不意

汝竟有如此廓门生。

所谓廓即阔也，夏传一改易便有点金成石之概。叙述子潇的学术思想以王刘二序为胜，此外又见钟骏声著《养自然斋诗话》卷七有云：

古经生多不工为诗，兼之者本朝唯毛西河、朱竹垞、洪北江三人而已，孙渊如通奉以治经废诗，故其诗传者绝少。固始蒋子潇湘南邃于经学，在《七经楼文钞》于象纬舆地水利韬略之说靡不精究，乃其《春晖阁诗》皆卓然可传。先生自言初学三李，后师杜韩，久乃弃各家而为一己之诗。又言古诗人唯昌黎通训诂，故押韵愈险愈稳，训诂者治经之本，亦治诗之本也。其言可谓切中。

我于经学以及象纬等等一无所知，古文辞也只一知半解，故对于《文钞》各篇少能通其奥义，若文章虽不傍人藩篱似亦未甚精妙，诗所见不多，却也无妨如此说。抄本中有《废翁诗》四首，因系自咏，故颇有意思，有小序云：

昔欧阳公作《醉翁亭记》，年方四十，其文中有苍颜白发语，岂文章政事耗其精血，既见老态，遂不妨称翁耶。余年五十时自号废翁，盖以学废半途，聪明日减，不复可为世用，宜为天之所废也，而人或谓称翁太早。今又四年，须发渐作斑白，左臂亦有风痹之势，则废翁二字不必深讳，聊吟小诗以告同人。

其二四两首云：

日暮挥戈讵再东，读书有志奈途穷。
饥驱上座诸侯客，妄想名山太史公。
作贼总非伤事主，欺人毕竟不英雄。
茫茫四顾吾衰甚，文苑何尝要废翁。

×

万水千山作转蓬，避人心事效墙东。
那堪辟历惊王导，幸未刊章捕孔融。
千古奇文尊客难，一场怪事笑书空。
枯鱼穷鸟谁怜乞，遮莫欧刀杀废翁。

据我看来，蒋君的最可佩服的地方还是在他思想的清楚通达，刘元培所谓大而入细，奇不乖纯，是也。如中国人喜言一切学术古已有之，《文钞》卷四中则有《西法非中土所传论》，又《游艺录》末卷《释藏总论》中云：

余尝问龚定庵曰，宋人谓佛经皆华人之谲诞者假庄老之书为之，然欤？定庵曰，此儒者夜郎自大之说也。余又尝问俞理初曰，儒者言佛经以初至中华之《四十二章》为真，其馀皆华人所为，信欤？理初曰，华人有泛海者，携《三国演义》一部，海外人见而惊之，以为此中国之书也，其聪明智慧者嗤笑之，谓中华之书仅如此乎？及有以《五经》《论语》至者，则傲然不信曰，中华之书只《三国演义》耳，安得有此！世之论佛经者亦犹是也。余因二君之说以流览释藏全书，窃以佛经入中华二千馀年，而西来本旨仍在明若昧之间，则半晦于翻译，半晦于禅学也。

此与《道藏总论》一篇所说皆甚有意趣，此等文字非普通文人所能作，正如百六十斤的青龙偃月刀要有实力才提得起，使用不着花拳样棒也。蒋君的眼光胆力与好谈象纬术数宗教等的倾向都与龚定庵[2]俞理初有相似处，岂一时运会使然耶？至宋平子夏穗卿诸先生歿后此风遂凌替，此刻现在则恍是反动时期，满天下唯有理学与时文耳。查定庵《己亥杂诗》有一首云：

问我清游何日最，木樨[3]风外等秋潮，

忽有故人心上过，乃是虹生与子潇。

注曰："吴虹生及固始蒋子潇孝廉也。"惜近日少忙，不及去翻阅《癸巳存稿》《类稿》，或恐其中亦有说及，只好且等他日再查了。

［附记］《文钞》卷四有《与田叔子论古文书》，第一

书绝佳，列举伪古文家八弊，曰奴蛮丐吏魔醉梦喘，可与桐城派八字诀对立，读之令人绝倒，只可惜这里不能再抄，怕人家要以我为文抄公也。

［附记二］近日又借得《春晖阁诗钞选》二册，亦同治八年重刊本，凡六卷，诗三百首。有阳湖洪符孙元和潘筠基二序，《养自然斋诗话》所云盖即直录潘序中语，王鹄撰小传则本明引洪序也。我于新旧诗是外行，不能有所批评，但有些诗我也觉得喜欢。卷一有《秋怀七首》，其第六云：

研朱点毛诗，郑孔精神朗。
伟哉应声虫，足以令神往。
俗儒矜一灯，安知日轮广。
辞章如沟潦，岂能活菱蒋。
枉费神仙爪，不搔圣贤痒。
我心有明镜，每辨英雄诳。
…………

诸语颇可喜。《废翁诗》四章则选中无有，盖钞而又选，所删去的想必不少，我得从盛昱本中见之，亦正自有缘分也。

十一月八日记于北平苦雨斋。

【锺校】

①“的”原作“于”。

②“庵”原作“龚”。

③“樨”原作“穉”。

# 模糊

郝兰皋《晒书堂诗钞》卷下有七律一首，题曰：

> 余家居有模糊之名，年将及壮，志业未成，自嘲又复自励。

诗不佳而题很有意思。其《笔录》卷六中有《模糊》一则，第一节云：

> 余少小时族中各房奴仆猥多，后以主贫渐放出户，俾各营生，其游手之徒多充役隶，余年壮以还放散略尽，顾主奴形迹几至不甚分明，然亦听之而已。余与牟默人居址接近，每访之须过县署门，奴辈共人杂坐，值余过其前，初不欲起，乃作勉强之色，余每迂道避之，或望见县门低头趋过，率以为常，每向先大夫述之以为欢笑。吾邑滨都宫者，丘长春先生故里也，正月十九是其诞辰，游者云集，余偕同人步往，未至宫半里许，见有策驴子来者是奴李某之子曰喜儿，父子

充典史书役，邑人所指名也，相去数武外鞭驴甚驶，仰面径过。时同游李赵诸子问余适过去者不识耶？曰，识之。骑不下何耶？曰，吾虽识彼，但伊齿卑少更历，容有不知也。后族中尊者闻之呼来询诘，支吾而已。又有王某者亦奴子也，尝被酒登门喧呼，置不问。由是家人被以模糊之名，余笑而颔之。

清朝乾嘉经师中，郝兰皋是我所喜欢的一个人，因为他有好几种书都为我所爱读，而其文章亦颇有风致，想见其为人，与傅青主颜习斋别是一路，却各有其可爱处。读上文，对于他这模糊的一点感到一种亲近。寒宗该不起奴婢，自不曾有被侮慢的事情，不能与他相比，而且我也并不想无端地来提倡模糊。模糊与精明相对，却又与糊涂各别，大抵糊涂是不能精明，模糊是不为精明，一是不能挟泰山以超北海，一则不为长者折枝之类耳。模糊亦有两种可不可，为己人可模糊，为人便极不该了，盖一者模糊可以说是恕，二者不模糊是义也。傅青主著《霜红龛赋》中有一篇《麭麰小赋》，末云：

子弟遇我，亦云奇缘。人间细事，略不謱謰。还问老夫，亦复无言。怅怅任运，已四十年。

后有王晋荣案语云：

> 先生家训云，世事精细杀，只成得好俗人，我家不要也。则信乎贤父兄之乐，小傅有焉。

可见这位酒肉道人在家里乡里也是很模糊的，可是二十多年前他替山西督学袁继咸奔走鸣冤，多么热烈，不像别位秀才们的躲躲闪闪，那么他还是大事不模糊的了。普通的人大抵只能在人间细事上精明，上者注心力于生计，还可以成为一个好俗人，下者就很难说。目前文人多专和小同行计较，真正一点都不模糊，此辈雅人想傅公更是不要了吧？

《晒书堂文集》卷五有《亡书失砚》一篇云：

> 昔年余有《颜氏家训》，系坊间俗本，不足爱惜，乃其上方空白纸头余每检阅随加笺注，积百数十条，后为谁何携去，至今思之不忘也。又有仿宋本《说文》，是旗人织造额公勒布捐资摹刊，极为精致，旧时以余《山海经笺疏》易得之者，甚可喜也，近日寻检不获，度亦为他人携去矣。司空图诗，得剑乍如添健仆，亡书久似忆良朋，岂不信哉。居尝每恨还书一痴，余所交游竟绝少痴人，何耶。又有蕉叶白端石一方，系仿宋式，不为空洞，多鸲鹆眼，雕为悬柱，高下相生，如钟乳垂，颇可爱玩，是十年前胶西刘大木

椽不远千馀里携来见赠，作匣盛之，置厅事案间，不知为谁攫去，后以移居启视，唯匣存而已。不忘良友之遗，聊复记之。又余名字图章二，系青田石，大木所镌，或鬻于市，为牟若洲惇儒见告，遂取以还，而叶仲寅志诜曾于小市鬻得“郝氏顿首”铜印，作玉箸文，篆法清劲，色泽古雅，叶精金石，云此盖元时旧物，持以赠余，供书翰之用，亦可喜也。因念前所失物，意此铜印数十年后亦当有持以赠人而复为谁所喜者矣。

这里也可以见他模糊之一斑，而文章亦复可喜，措辞质朴，善能达意，随便说来仿佛满不在乎，却很深切地显出爱惜惆怅之情，此等文字正是不佞所想望而写不出者也。在表面上虽似不同，我觉得这是《颜氏家训》的一路笔调，何时能找得好些材料辑录为一部，自娱亦以娱人耶。郝君著述为我所喜读者尚多，须单独详说，兹不赘。

[附记] 模糊今俗语云麻糊，或写作马虎，我想这不必一定用动物名，还是写麻糊二字，南北都可通行。

十一月四日。

# 说鬼

近来很想看前人的随笔，大抵以清朝人为主，因为比较容易得到，可是总觉得不能满意。去年在读《洗斋病学草》中的小文里曾这样说：

> 我也想不如看笔记，然而笔记大多数又是正统的，典章，科举，诗话，忠孝节烈，神怪报应，讲来讲去只此几种，有时候翻了二十本书结果仍是一无所得。我不知道何以大家多不喜欢记录关于社会生活自然名物的事，总是念念不忘名教，虽短书小册亦复如是，正如种树卖柑之中亦寄托治道，这岂非古文的流毒直渗进小说杂家里去了么。

话虽如此，这里边自然也有个区别。神怪报应类中，谈报应我最嫌恶，因为它都是寄托治道，非纪录亦非文章，只是浅薄的宣传，虽然有一部分迷信的分子也可以作民俗学的资料。志怪述异还要好一点，如《聊斋》那样的创作可作文艺看，若是信以为真地记述奇事，文字又不太陋劣，自然更有可取的地方。日前得到海昌俞氏丛刻的零种，俞霞轩的《翏莫子杂识》一卷，其子少轩的《高辛砚斋杂著》一卷，看了很有意思，觉得正是一个好例子。

《翏莫子杂识》是日记体的，记嘉庆廿二年至廿五年间两年半的事情，其中叙杭州海宁的景色颇有佳语，如嘉[①]庆廿四年四月初四日夜由万松岭至净居庵一节云：

脱稿，街衢已黑，急挟卷上万松岭，林木阴翳，寒风逼人，交卷出。路昏如翳，地荒凉无买烛所，乘暗行义冢间，蔓草没膝。有人执灯前行，就之不见，忽又在远。虫嘶鸟啾，骨动胆裂。过禹王庙，漆云蔽前，凉雨簌簌洒颈，风吹帽欲落，度雨且甚，惶骇足战战，忽前又有灯火，则双投桥侧酒家也。狂喜入肆，时饥甚，饮酒两盏，杂食腐筋蚕豆，稍饱。出肆行数步，雨如倾，衣履尽湿，不能行，愁甚无策，陡念酒肆当有雨盖，返而假之，主人甚贤，慨然相付，然终无灯。二人相倚行，暗揣道路，到鸳鸯冢边，耳中闻菰蒲瑟瑟声，心知临水，以伞拄地而步，恐坠入湖。忽空山嗷然有声，继以大笑，魂魄骇

> 飞，凝神静听，方知老鸮也。行数步，长人突兀立于前，又大怖，注目细看，始辨是塔，盖至净慈前矣。然雨益急，疾趋入兴善社，幽森凉寂[2]，叩净居庵门，良久雏僧出答。

可是《杂识》中写别的事情都不大行，特别是所记那些报应，意思不必说了，即文字亦大劣，不知何也。《高辛砚斋杂著》凡七十八则，几乎全是志异，也当然要谈报应而不多，其记异闻仿佛是完全相信似的，有时没有什么结论，云后亦无他异，便觉得比较地可读，也更朴实地保存民间的俗信。如第一则记某公在东省署课读时夜中所见云：

> 窗外立一人，面白身火赤，向内嬉笑。忽跃入，径至仆榻，伸手入帐，捩其头拔出吸脑有声，脑尽掷去头，复探手攫肠胃，仍跃去。……某术士颇神符箓，闻之曰，此红僵也，幸面尚白，否则震霆不能诛矣。

俗传僵尸有两种，即白僵与红僵是也，此记红僵的情状，实是僵尸考中的好资料。第四则云：

> 海盐傅某曾游某省，一日独持雨盖行山中，见虎至，急趋入破寺，缘佛厨升梁伏焉。少顷虎衔一人至，置地上，足尚动，虎再拨之，人忽起立自解衣履，仍赤体伏，虎裂食尽摇尾去，傅某

得窜遁。后年八十馀，粹庵听其自述云。

此原是虎伥的传说，而写得很可怕，中国关于鬼怪的故事中僵尸固然最是凶残，虎伥却最是阴惨，都很值得注意研究。第五则云：

黄铁如者名楷，能文，善视鬼，并知鬼事。据云，每至人家，见其鬼香灰色则平安无事，如有将落之家，则鬼多淡黄色。又云，鬼长不过二尺馀，如鬼能修善则日长，可与人等，或为淫厉，渐短渐灭，至有仅存二眼旋转地上者。亦奇矣。

两只眼睛在地上旋转，这可以说是谈鬼的杰作。王小穀著《重论文斋笔录》卷二云：

曾记族朴存兄淳言（兄眼能见鬼，凡黑夜往来俱不用灯），凡鬼皆依附墙壁而行，不能破空，疫鬼亦然，每遇墙壁必如蚓却行而后能入。常鬼如一团黑气，不辨面目，其有面目而能破空者则是厉鬼，须急避之。

兄又言鬼最畏风，遇风则牢握草木，蹲伏不能动。

兄又云，《左传》言故鬼小新鬼大，其说确不可易，至溺死之鬼则新小而故大，其鬼亦能登岸，逼视之如烟云销灭者，此新鬼也。故鬼形如槁木，见人则跃入水中，水有声而不散，故无圆晕。

所说虽不尽相同，也是很有意思的话，可以互相发明。我这里说有意思，实在就是有趣味，因为鬼确实是极有趣味也极有意义的东西。我们喜欢知道鬼的情状与生活，从文献从风俗上各方面去搜求，为的可以了解一点平常不易知道的人情，换句话说就是为了鬼里边的人。反过来说，则人间的鬼怪伎俩也值得注意，为的可以认识人里边的鬼吧。我的打油诗云，“街头终日听谈鬼”，大为志士所诃，我却总是不管，觉得那鬼是怪有趣的物事，舍不得不谈，不过诗中所谈的是哪一种，现在且不必说。至于上边所讲的显然是老牌的鬼，其研究属于民俗学的范围，不是讲玩笑的事，我想假如有人决心去作“死后的生活”之研究，实是学术界上破天荒的工作，很值得称赞的。英国弗来则博士有一部书专述各民族对于死者之恐怖，现在如只以中国为限，却将鬼的生活详细地写出，虽然是极浩繁困难的工作，值得当博士学位的论文，但亦极有趣味与实益，盖此等处反可以见中国民族的真心实意，比空口叫喊固有道德如何的好还要可信凭也。刘青园在《常谈》中有云：

信祭祀祖先为报本追远，不信冥中必待人间

财物为用。

这是明达的常识，是个人言行的极好指针，唯对于世间却可以再客观一点，为进一解曰，不信冥中必待人间财物为用，但于此可以见人情，所谓慈亲孝子之用心也。自然也有恐怖，特别是对于孤魂厉鬼，此又是“分别予以安置，俾免闲散生事”之意乎。

**【锺校】**

①“嘉”原作“庆”。

②“寂”原作“森”。

# 郝氏说《诗》

偶然得到《名媛诗话》十二卷，道光间刊，钱塘沈湘佩夫人著，卷五记钱仪吉室陈炜卿事云：

> 有《听松楼遗稿》，内载《授经偶笔》，序述记赞跋论家书诸著作，议论恢宏，立言忠厚，诗犹馀事耳。

《诗话》中因引其论《内则》文二篇，论“国风”《采蘋》及《燕燕》文各一篇，文章的确写得还简要，虽然所云阐发经旨也就不过是那么一回事。女子平常总是写诗词的多，散文很少见，在这一点上《听松楼遗稿》是很值得注意的。据我所知只有一个人可以相比，这是《职思斋学文稿》的著者“西吴女史”徐叶昭，序上亦自称听松主人。《文稿》收在徐氏家集《什一偶存》里，有乾隆甲寅序，末云：

> 今者综而甄之，涉于二氏者，类如语录者，近于自用自专者，悉为删去，其辨驳金溪余姚未

能平允者亦尽去之，于是所存者仅仅庶几无疵而已，以云工未也。呜呼，予老矣，恐此事便已，如之何？

案其时盖年六十六岁也。所存文共三十五篇，多朴实冲淡可诵读，大不易得。只可惜由佛老而入程朱，文又宗法八家，以卫道为职志，而首小文十篇，论女道以至妾道婢道，文词虽不支不蔓，其意义则应声而已。又有《与大妹书》，论奉佛之非，哓哓不休，更是落了韩愈的窠臼了。所作传志却简洁得体，如《夫子鹤汀先生述》首节云：

呜呼，君之行亦云似矣，第世之传志不免文说其辞，真与伪无从辨别，故余苟非可证今人者概不敢及。夫一呐呐然老诸生耳，乌有卓行之可称？顾无可表见之中，止此口用行习已为世俗之所不能到，其可默而不言？

这几句写得不坏，虽然不能说是脱套，末尾音调铿锵处尤为可议。此君盖颇有才气，据其自序中述少年时事云：

爰考古稽今，多所论著，如官制兵制赋役催科礼仪丧服贡举刑书，偏私臆见，率意妄言，虽其中或间有可采者，而以草野议朝章，以妇人谈国典，律以为下不倍之义，窃惴惴焉。

终乃汩[①]没于程朱二氏韩欧八家，下乔木而入幽谷，真可惜也！

清朝女作家中我觉得最可佩服的是郝懿行的夫人王照圆。《晒书堂文集》后附有《闺中文存》一卷，系其孙郝联薇所刊，共文十一篇，半系所编著书序跋，末一篇为《听松楼遗稿跋》，中有一节云：

> 颜黄门云：父母威严而有慈，则子女畏慎而生孝。余于子女有慈无威，不能勤加诱导，俾以有成，今读《授经偶笔》及尺素各篇，意思勤绵，时时以课读温经形于楮墨，虽古伏生女之授书，宋文宣之传礼，不是过焉，余所弗如者五矣。

其实据我看来，这里并没有什么弗如，郝君夫妇的文章思想不知怎地叫人连想颜黄门，而以颜黄门相比，在我却是很高的礼赞，其地位迥在授经载道者之上。听松楼的《偶笔》只在《诗话》中见到几则，大抵只是平平无疵耳，照例说话而能说得明白，便难得了，不能望其有若何心得或新意思也。王照圆所著述书刻在"郝氏丛书"内者有《列女传补注》《列仙传校正》《梦书》等，《葩经小记》惜未刻，但在与郝兰皋合著的《诗问》及《诗说》中间还保留着不少吧。之罘梦人（王照圆自称）无诗集，仅在《读孝节录》文中见有七绝一首，亦不甚佳，但其说诗[2]则殊佳妙，吾乡季彭山（王阳明的门人，徐文长的先生，也是鄙人的街坊，因为他的故居在春波桥头禹迹寺旁，与吾家祖屋相去只一箭之远也）所著《说诗解颐》略一拜读，觉得尚不及王说之能体察物理人情，真有解颐之妙。《诗说》卷上云：

瑞玉问，女心伤悲应作何解？余曰，恐是怀春之意，《管子》亦云，春女悲。瑞玉曰，非也，所以伤悲，乃为女子有行，远父母故耳。盖瑞玉性孝，故所言如此。余曰，此匡鼎说诗也。

《诗问》卷二，《七月》“遵彼微行”注云：

余问，微行传云墙下径？瑞玉曰，野中亦有小径。余问，遵小径以女步迟取近耶？曰，女子避人尔。

虽不必确，亦殊有意趣，此种说经中有脉搏也。又卷一，《氓》“三岁食贫”注云：

余问，既贿迁何忧食贫？瑞玉曰，男狭邪不务生业，女饶资财何益也。

又“总角之宴”注云：

瑞玉问，束发已私相宴安言笑，何待贸丝时？余曰，总角相狎，比长男女别嫌，不复通问，及贸丝相诱，始成信誓。

解说全章诗意亦多胜解，如《丘中有麻》云：

《丘中有麻》，序云，思贤也，留氏周之贤人，遁于丘园，国人望其里居而叹焉。瑞玉曰，人情好贤，经时辄思，每见新物则一忆之。有麻秋时，有麦夏时，无时不思也。麻麦，谷也，李，果也，无物不思也。

《风雨》首章注云：

寒雨荒鸡，无聊甚矣，此时得见君子，云何而忧不平？故人未必冒雨来，设辞尔。

解云：

《风雨》，瑞玉曰，思故人也。风雨荒寒，鸡声嘈杂，怀人此时尤切。或亦夫妇之辞。

《溱洧》解云：

《溱洧》，序云，刺乱也。瑞玉曰，郑国之俗，三月上巳[3]修禊溱洧之滨，士女游观，折华相赠，自择昏姻，诗人述其谣俗尔。

《诗说》卷上载瑞玉说，“自我不见，于今三年”二句可疑。郝君引《竹书纪年》解之曰：

周公自二年秋东征，至四年春便还，前后不过年馀，举成数故云三年耳。又以见周公之悯归士，未久而似久也。且详味诗意，前三章都是秋景，至末一章独言春日，盖军士以秋归，以冬至家，比及周公作诗之时则又来年春矣，故末章遂及嫁娶之事，言婚姻及时也。此事诗书缺载，据《竹书》所记年月始终恐得其实，未知是否。瑞玉曰，恐是如此。又曰，读此诗，可知越王勾践之生聚其民，不过欺卖之耳，那有真意。

此语殊有见识，即士大夫亦少有人能及。训诂名物亦多新意，而又多本于常识，故似新奇而实平实。如《七月》“七月亨葵及菽”注云：

瑞玉曰，菜可烹，豆不可烹，盖如今俗作豆粥尔。其法，菜半之，豆半之，煮为粥，古名半菽，《夏小正》谓短闵也。

又“采荼薪樗”注云：

瑞玉曰，荼苦，得霜可食。樗非为薪也，九月非樵薪之时，且下句遂言食我农夫，则二物皆供食也。樗，椿类，叶有香者，腌为菹，九月叶可食，薪者枝落之，采其叶也。

此二条亦见《诗说》中，但较详。把《诗经》当作文学看，大抵在明末已有之，如《读风偶评》可见，不过普通总以外道相待，不认为正当的说法，若以经师而亦如此说，则更希有可贵矣。《诗说》卷上云：

瑞玉因言，《东山》诗何故四章俱云零雨其蒙，盖行者思家惟雨雪之际尤难为怀，所以《东山》劳归士则言雨，《采薇》之遣戍则言雪，《出车》之劳还率亦言雪。

《七月》诗中有画，《东山》亦然。

古人文字不可及处在一真字，如《东山》诗言情写景，亦止是真处不可及耳。

×

有敦瓜苦，蒸在栗薪。触物惊心，曷胜今昔之感，所谓尽是刘郎去后栽者也。二句描写村居篱落间小景如画，诗中正复何所不有。

又云：

晋人论诗，亟赏昔我往矣，杨柳依依，今我来思，雨雪霏霏，及讦谟定命，远犹辰告，以为佳句。余谓固然，佳句不止此也。如鸡栖于埘，日之夕矣，牛羊下来，写乡村晚景，睹物怀人如画。又如蒹葭苍苍，白露为霜，所谓④伊人，在水一方，渺然有天际真人想。其室则迩，其人则远，渺渺予怀，悠然言外。东门之栗，有践家室，止有践二字便带画景。至如汉之广兮，不可泳思，江之永兮，不可方思，尤所谓别情云属，文外独绝者也。

十一月。

**【锺校】**

①“汩”原作“汨”。

②“诗”原作“时”。

③“已”原作“己”。

④“谓”原作“为”。

# 谈土拨鼠

为尤炳圻君题《杨柳风》译本

平白兄：

每接读手书，就想到《杨柳风》译本的序，觉得不能再拖延了，应该赶紧写才是。可是每想到后却又随即搁下，为什么呢？第一，我写小序总想等到最后截止的那一天再看，而此书出版的消息杳然，似乎还不妨暂且偷懒几天。第二，——实在是写不出，想了一回只好搁笔。但是前日承令夫人光临面催，又得来信说书快印成了，这回觉得真是非写不可了。然而怎么写呢？

五年前在《骆驼草》上我曾写过一篇绍介《杨柳风》的小文，后来收在《看云集》里。我所想说的话差不多写在那里了，就是现在也还没有什么新的意思要说。我将所藏的西巴特（Sheppard）插画本《杨柳风》，兄所借给我的查麦士（Chalmers）著《格来亨传》，都拿了出来翻阅一阵，可是不相干，材料虽有而我想写的意思却没有。庄子云，日月出矣而爝火不息，其为光也不亦微乎？《杨柳风》的全部译本已经出来了，而且译文又是那么流丽，只待人家直接去享受，于此而有何言说，是犹在俱胝和尚说法后去竖指头，其不被棒喝撵出去者，盖非是今年真好运气不可也。

这里我只想说一句话，便是关于那土拨鼠的。据传中说此书原名《芦中风》，后来才改今名，于一九〇八年出版。第七章《黎明的门前之吹箫者》仿佛是其中心部分，不过如我前回说过这写得很美，却也就太玄一点了，于我不大有缘分。他的别一个题目是《土拨鼠先生与他的伙伴》，这我便很喜欢。密伦（Milne）所编剧本名曰《癞施堂的癞施先生》，我疑心这是因为演戏的关系，所以请出这位癞虾蟆来做主人翁，若在全书里最有趣味的恐怕倒要算土拨鼠先生。密伦序中有云：

> 有时候我们该把他想作真的土拨鼠，有时候是穿着人的衣服，有时候是同人一样的大，有时候用两只脚走路，有时候是四只脚。他是一个土拨鼠，他不是一个土拨鼠。他是什么？我不知道。而且，因为不是认真的人，我并不介意。

这话说得很好，这不但可以见他对于土拨鼠的了解，也可以见他的爱好。我们能够同样地爱好土拨鼠，可是了解稍不容易，而不了解也就难得爱好。我们固然可以像密伦那样当他不是一个土拨鼠，然而我们必须先知道什么是一个土拨鼠，然后才能够当他不是。那么什么是土拨鼠呢？据原文曰 mole，《牛津简明字典》注云：

小兽穿地而居，微黑的绒毛，很小的眼睛。

中国普通称云鼹鼠，不过与那饮河满腹的似又不是一样，《本草纲目》卷五十一下列举各家之说云：

弘景曰，此即鼢鼠也，一名隐鼠，形如鼠而大，无尾，黑色，尖鼻甚强，常穿地中行，讨掘即得。

藏器曰，隐鼠阴穿地中而行，见日月光则死，于深山林木下土中有之。

宗奭曰，鼹脚绝短，仅能行，尾长寸许，目极小，项尤短，最易取，或安竹弓射取饲鹰。

时珍曰，田鼠偃行地中，能壅土成坌，故得诸名。

寺岛良安编《和汉三才图会》卷三十九引《本纲》后云：

案鼢状似鼠而肥，毛带赤褐色，颈短似野猪，其鼻硬白，长五六分，而下嘴短，眼无眶，耳无珥而聪，手脚短，五指皆相屈，但手大倍于脚。常在地中用手掘土，用鼻拨行，复还旧路，时仰食蚯蚓，柱础为之倾，根树为之枯焉。闻人音则逃去，早朝窥拨土处，从后掘开，从前穿追，则穷迫出外，见日光即不敢动，竟死。

这所说最为详尽，土拨鼠这小兽的情状大抵可以明白了，如此我们对于“土拨鼠先生”也才能发生兴趣，欢迎他出台来。但是很不幸平常我们和他缺少亲近，虽然韦门道氏著的《百兽图说》第二十八项云，“寻常田鼠举世皆有”，实际上大家少看见他，无论少年以至老年提起鼹鼠，鼢鼠，隐鼠，田鼠，或是土龙的雅号，恐怕不免都有点茫然，总之没有英国人听到摩耳（mole）或日本人听到摩悟拉（mogura）时的那种感觉吧。英国少见蝼蛄，称之曰 mole cricket（土拨鼠蟋蟀）；若中国似乎应该呼土拨鼠为蝼蛄老鼠才行，准照以熟习形容生疏之例。那好些名称实在多只在书本上活动，土龙一名或是俗称我却不明了，其中田鼠曾经尊译初稿采用，似最可取，但又怕与真的田鼠相混，在原书中也本有“田鼠”出现，所以只好用土拨鼠的名称了。这个名词大约是西人所定，查《百兽图说》中有几种的土拨鼠，却是别的鼠类，在什么书中把他对译“摩耳”，我记不清了，到得爱罗先珂的

《桃色的云》出版，土拨鼠才为世所知，而这却正是对译“摩悟拉”的，现在的译语也就衍袭这条系统，他的好处是一个新名词，还有点表现力，字面上也略能说出他的特性。然而当然也有缺点，这表示中国国语的——也即是人的缺少对于“自然”之亲密的接触，对于这样有趣味的寻常小动物竟这么冷淡没有给他一个好名字，可以用到国语文章里去，不能不说是一件大大的不名誉。人家给小孩讲土拨鼠的故事，“小耗子”（原书作者的小儿子的诨名）高高兴兴地听了去安安静静地睡，我们和那土拨鼠却是如此生疏，在听故事之先还要来考究其名号脚色，如此则听故事的乐趣究有几何可得乎，此不佞所不能不念之惘然者也。

兄命我写小序，而不佞大谈其土拨鼠，此正是文不对题也。既然不能做切题的文章，则不切题亦复佳。孔子论《诗》云可以兴观群怨，末曰多识于草木鸟兽之名，我不知道《杨柳风》可以兴观群怨否，即有之亦非我思存，若其草木鸟兽则我所甚欢喜者也。有人想引导儿童到杨柳中之风里去找教训，或者是正路也未可知，我总不赞一辞，但不佞之意却希望他们于军训会考之暇去稍与癞虾蟆水老鼠游耳，故不辞词费而略谈土拨鼠，若然，吾此文虽不合义法，亦尚在自己的题目范围内也。

中华民国二十四年十一月廿三日，在北平，知堂书记。

[补记]《尔雅》释兽鼠属云，鼢鼠。郭璞注云，地中行者。陆佃《新义》卷十九云，今之犂鼠。邵晋涵《正义》卷十九云：“《庄子·逍遥游》云，偃鼠饮河，不过满腹。今人呼地中鼠为地鼠，窃出饮水，如庄子所言，李颐注以偃鼠为鼷鼠，误矣。”郝懿行《义疏》下之六云：“案此鼠今呼地老鼠，产自田间，体肥而扁，尾仅寸许，潜行地中，起土如耕。”

以上三书均言今怎么样，当系其时通行的名称，但是这里颇有疑问。犂鼠或系宋时的俗名，现在已不用，不佞忝与陆农师同乡，鲁墟到过不少回数，可以证明不误者也。邵二云亦是同府属的前辈，乾隆去今还不能算很远，可是地鼠这名字我也不知道。还有一层，照文义看去这地鼠恐有误，须改作“偃鼠”二字才能够与“如庄子所言”接得上气。绍兴却也没有偃鼠的名称，正与没有犂鼠一样，虽然有一种小老鼠俗呼隐鼠，实际上乃是鼷鼠也。

郝兰皋说的地老鼠——看来只有这个俗名是靠得住的。这或者只是登莱一带的方言，却是很明白老实，到处可以通行。我从前可惜中国不给土拨鼠起个好名字，现在找到这个地老鼠，觉得可以对付应用了。对于纪录这名称留给后人的郝君，我们也该表示感谢与尊敬。

廿五年一月十日记。

# 关于活埋



从前有一个时候偶然翻阅外国文人的传记，常看见说起他特别有一种恐怖，便是怕被活埋。中国的事情不大清楚，即使不成为心理的威胁，大抵也未必喜欢，虽然那《识小录》的著者自称活埋庵道人徐树丕，即在余澹心的《东山谈苑》上有好些附识自署同学弟徐晟的父亲，不过这只是遗民的一种表示，自然是另外一件事了。

小时候读英文，读过美国亚伦坡的短篇小说《西班牙酒桶》，诱人到洞窟里去喝酒，把他锁在石壁上，砌好了墙出来，觉得很有点可怕。但是这罗马的幻想白昼会出现么，岂不是还只往来于醉诗人的脑中而已？俄国陀思妥益夫思奇著有小说曰《死人之家》，英译亦有曰“活埋”者，是记西伯利亚监狱生活的实录，陀氏亲身经历过，是小说亦是事实，确实不会错的了。然而这到底还只是个譬喻，与徐武子多少有点相同，终不能为活埋故实的典据。我们虽从文人讲起头，可是这里不得不离开文学到别处找材料去了。

讲到活埋，第一想到的当然是古代的殉葬。但说也惭愧，我们实在还不十分[1]明白那葬是怎么殉法的。听说近年在殷墟发掘，找到殷人的坟墓，主人行踪不可考，却获得十个殉葬的奴隶或俘虏的骨殖，这可以说是最古的物证了，据说——不幸得很——这十个却都是身首异处的，那么这还是先杀后埋，与一般想像不相合。古希腊人攻忒罗亚时在巴多克勒思墓[2]上杀俘虏十人，又取幼公主波吕克色那杀之，使从阿吉娄思于地下，办法颇有点相像。忒罗亚十年之役正在帝乙受辛时代，那么与殷人东西相对，不无香火因缘，或当为西来说学者所乐闻乎。《诗经》秦风有《黄鸟》一篇，《小序》云哀三良也，我们记起"临其穴，惴惴其栗"，觉得仿佛有点意思了，似乎三良一个一个地将要牵进去，不，他们都是大丈夫，自然是从容地自己走下去吧。然而不然。孔颖达疏引服虔云，"杀人以葬，旋环其左右曰殉"。结果还是一样，完全不能有用处。

第二想到的是坑儒。从秦穆公一跳到了始皇，这其间已经隔了十七八代了。孔安国《尚书》序云：

及秦始皇，灭先代典籍，焚书坑儒。

孔颖达疏依《史记》秦始皇本纪说明云：

三十五年始皇以方士卢生求仙药不得，以为诽谤，诸生连相告引，四百六十馀人，皆坑之咸阳，是坑儒也。

但是如李卓吾在《雅笑》卷三所说："人皆知秦坑儒，而不知何以坑之。"这的确是一大疑问。孔疏又引卫宏《古文奇字序》云：

秦改古文以为篆隶，国人多诽谤。秦患天下不从而召诸生，至者皆拜为郎，凡七百人。又密令冬月种瓜于骊山型谷之中温处，瓜实，乃使人上书曰瓜冬有实。有诏天下博士诸生说之，人人各异，则皆使往视之，而为伏机，诸生方相论难，因发机从上填之以土，皆终命也。

这坑法写得"活龙活现"，似乎确是活埋无疑了，但是理由说的那么支离，所用种瓜伏机的手段又很拙笨，我们只当传说看了觉得好玩，要信为事实就有点不大可能。《史记》项羽本纪云：

楚军夜击坑秦卒二十馀万人新安城南。

计时即坑儒后六年。白起列传记起临死时语云：

长平之战，赵卒降者数十万人，我诈而尽坑之。

据列传中说凡四十万人，武安君虑其反复，"乃挟诈而尽坑杀之”。仿佛是坑与秦总很有关系似的，可是详细还不能知道。掘了很大很大的坑，把二十万以至四十万人都推下去，再盖上土，这也不大像吧。正如《镜花缘》的林之洋常说的“坑死俺也”，我们对于这“坑”字似乎有点不好如字解释，只得暂且搁起再说。

英国贝林戈耳特老牧师生于一八三四年，到今年整整一百零一岁了，但他实在已于一九二四年去世，寿九十。所著《民俗志》小书系民国初年出版，其第五章《论牺牲》中讲到古时埋人于屋基下的事，是欧洲的实例。在一八九二年出版的《奇异的遗俗》中有《论基础》一章专说此事，更为详尽，今录一二于后：

> 一八八五年诃耳思华西教区修理礼拜堂，西南角的墙拆下重造。在墙内，发见一副枯骨，夹在灰石中间。这一部分的墙有点坏了，稍为倾侧。据发见这骨殖的泥水匠说，那里并无一点坟墓的痕迹，却显见得那人是被活埋的，而且很急忙的。一块石灰糊在那嘴上，好些砖石乱堆在那死体的周围，好像是急速地倒下去，随后慢慢地把墙壁砌好似的。
>
> ×
>
> 亨纳堡旧城是一派强有力的伯爵家的住所，

在城壁间有一处穹门，据传说云造堡时有一匠人受了一笔款答应把他的小孩砌到墙壁里去。给了小孩一块饼吃，那父亲站在梯子上监督砌墙。末后的那块砖头砌上之后，小孩在墙里边哭了起来，那人悔恨交并，失手掉下梯子来，摔断了他的项颈。关于利本思坦的城堡也有相似的传说。一个母亲同样地卖了她的孩子。在那小东西的周围墙渐渐地高起来的时候，小孩大呼道，妈妈，我还看见你！过了一会儿，又道，妈妈，我不大看得见你了！末了道，妈妈，我看你不见了！



日本民俗学者中山太郎翁今年六十矣，好学不倦，每年有著作出版，前年所刊行的《日本民俗学论考》共有论文十八篇，其第十七曰《埴轮的原始形态与民俗》，说到上古活埋半身以殉葬的风俗。埴轮即明器中之土偶，大抵为人或马，不封入墓穴中，但植立于四围。土[③]偶有象两股者，有下体但作圆筒形者，中山翁则以为圆筒形乃是原始形态，即表示殉葬之状，象两股者则后起而昧其原意者也。这种考古与民俗的难问题我们外行无从加以判断，但其所引古文献很有意思，至少于我们现在很是有用。据《日本书纪》垂仁纪云：

二十八年冬十月丙寅朔庚午，天皇母弟倭彦

命薨。十一月丙申朔丁酉，葬倭彦命于身狭桃花鸟坂。于是集近习者，悉生立之于陵域。数日不死，昼夜泣吟。遂死而烂臭，犬乌聚啖。天皇闻此泣吟声，心有悲伤，诏群卿曰，夫以生时所爱使殉于亡者，是甚可伤也。斯虽古风而不良，何从为，其议止殉葬。

垂仁天皇二十八年正当基督降生前二年，即汉哀帝元寿元年也。至三十二年皇后崩，野见宿祢令人取土为人马进之，天皇大喜，诏见宿祢曰，尔之嘉谋实洽朕心。遂以土物立于皇后墓前，号曰埴轮。此以土偶代生人的传说本是普通，可注意的是那种特别的埋法。孝德纪载大化二年（六四六）的命令云：

人死亡时若自经以殉，或绞人以殉，及强以亡人之马为殉等旧俗，皆悉禁断。

可见那时殉葬已是杀了再埋，在先却并不然，据《类聚三代格》中所收延历十六年（七九七）四月太政官符云：

上古淳朴，葬礼无节，属山陵有事，每以生人殉埋，鸟吟鱼烂，不忍见闻。

与垂仁纪所说正同，鸟吟鱼烂也正是用汉文炼字法总括那数日不死云云十七字。以上原本悉用一种特别的汉文，今略加修改以便阅读，但仍保留原来用字与句调，不全改译为白话。至于埋半身的理由，中山翁谓是古风之遗留，上古人死则野葬，露其头面，亲族日往视之，至腐烂乃止，琉球津坚岛尚有此俗，近始禁止，见伊波普猷著文《南岛古代之葬仪》中，伊波氏原系琉球人也。

医学博士高田义一郎著有一篇《本国的死刑之变迁》，登在《国家医学杂志》上，昭和三年（一九二八）出版《世相表里之医学的研究》共文十八篇，上文亦在其内。第四节论德川幕府时代的死刑，约自十七世纪初至十九世纪中间，内容分为五类，其四曰锯拉及坑杀。锯拉者将犯人连囚笼埋土中，仅露出头颅，傍置竹锯，令过路人各拉其颈。这使人想起《封神传》的殷郊来。至于坑杀，那与锯拉相像，只把犯人身体埋在土中，自然不连囚笼，不用锯拉，任其自死。在《明良洪范》卷十九有一节云“记稻叶淡路守残忍事”，是很好的实例：

稻叶淡路守纪通为丹州福知山之城主，生来残忍无道，恶行众多。代官中有获罪者，逮捕下狱，不详加审问，遽将其妻儿及服内亲族悉捕至，于院中掘穴，一一埋之，露出其首，上覆小木桶，朝夕启视以消遣。馀人逐渐死去，唯代官苟延至七日未绝。淡路守每朝巡视，见其尚活，嘲弄之曰，妻子亲族皆死，一人独存，真罪业深重哉。代官张目曰，馀命尚存，思报此恨，今妻子皆死亡，无可奈何矣；身为武士，处置亦应有方，如此相待，诚自昔所未闻之刑罚也，会当有以相报！忿恨嚼舌而死。自此淡路守遂迷乱发狂，终乃装弹鸟枪中，自点火穿胸而死。

案稻叶纪通为德川幕府创业之功臣，位为诸侯，死于庆安元年，即西历一六四八，清顺治五年也。

外国的故事虽然说了好些，中国究竟怎样呢？殉葬与镇厌之外以活埋为刑罚，这有没有前例？官刑大约是不曾有吧，虽然自袁氏军政执法处以来往往有此风说，这自然不能找出证据，只有义威上将军张宗昌在北京时活埋其汽车夫与教书先生于丰台的传说至今脍炙人口，传为美谈。若盗贼群中本无一定规律，那就难说了，不过似乎也不尽然，如《水浒传》中便未说起，明末张李流寇十分残暴，以杀烧剥皮为乐（这其实也与明初的永乐皇帝清初的大兵有同好而已，还不算怎么特别），而活埋似未列入。较载太平天国时事的有李圭著《思痛记》二卷，光绪六年（一八八〇）出版，卷下纪咸丰十年（一八六〇）七月间在金坛时事有云：

十九日汪典铁来约陆畴楷杀人，陆欣然握

刀，促余同行。至文庙前殿，东西两偏室院内各有男妇大小六七十人避匿于此，已数日不食，面无人色。汪提刀趋右院，陆在左院。陆令余杀，余不应，以余已司文札不再逼而令余视其杀。刀落人死，顷刻毕数十命，地为之赤。有一二岁小儿，先置其母腹上腰截之，然后杀其母。复拉余至右院视汪杀，至则汪正在一一剖人腹焉。

光绪戊戌之冬我买得此书，民国十九年八月曾题卷首云：

中国民族似有嗜杀性，近三百年中张李洪杨以至义和拳诸事即其明征，书册所说录百不及一二，至今读之犹令人悚然。今日重翻此记，益深此感。呜呼，后之视今亦犹今之视昔乎。

然而此记中亦不见有活埋的纪事焉。民国二十四年九月十九日《大公报》乃载唐山通信云：

玉田讯：本县鸦鸿桥北大定府庄村西野地内于本月十二日发现男尸一具，倒埋土中，地面露出两脚，经人起出，尸身上部已腐烂，由衣服体态辨出系定府庄村人王某，闻系因仇被[4]人谋杀，该村乡长副报官检验后，于十五日由尸亲将尸抬回家中备棺掩埋。又同日城东吴各庄东北里新地内亦发现倒埋无名男尸一具，嗣由乡人起出，年约三十许，衣蓝布裤褂，全身无伤，系生前活埋，于十三日报官检验，至今尚无人认领云。

这真是——

踏破铁鞋无觅处　得来全不费工夫

想不到在现代中华民国河北省的治下找着了那样难得的活埋的实例。上边中外东西地乱找一阵，乱说一番，现在都可以不算，无论什么奇事在百年以前千里之外，也就罢了，若是本月在唐山出现的事，意义略有不同，如不是可怕也总觉得值得加以注意思索吧。

死只一个，而死法有好些，同一死法又有许多的方式。譬如窒息是一法，即设法将呼吸止住了，凡缢死，扼死，烟煤等气熏死，土囊压死，烧酒毛头纸糊脸，武大郎那样的棉被包裹上面坐人，印度黑洞的闷死，淹死，以及活埋而死，都属于这一类。本来死总不是好事，而大家对于活埋却更有凶惨之感，这是为什么呢？本来死无不是由活以至不活，活的投入水中与活的埋入土内论理原是一样，都因在缺乏空气的地方而窒息，以云苦乐殆未易分，然而人终觉得活埋更为凶惨，此本只是感情作用，却亦正是人情之自然也。又活埋由于以土塞口鼻而死，顺埋倒埋并无分别，但人又特别觉得倒埋更为凶惨者，亦同样地出于人情也。世界大同无论来否，战争刑罚一时似未必能废，斗殴谋杀之事亦殆难免，但野蛮的事纵或仍有，而野蛮之意或可减少。船火儿待客只预备馄饨与板刀面，殆可谓古者盗亦有道欤。人情恶活埋尤其是倒埋，而中国有人喜为之，此盖不得谓中国民族的好事情也。

廿四年九月。

【锺校】

①原无“分”字，今增。

②“墓”原作“基”。

③“土”原作“士”。

④“被”原作“杀”。

# 日本的衣食住

我留学日本还在民国以前，只在东京住了六年，所以对于文化云云够不上说什么认识，不过这总是一个第二故乡，有时想到或是谈及，觉得对于一部分的日本生活很有一种爱着。这里边恐怕有好些原因，重要的大约有两个，其一是个人的性分，其二可以说是思古之幽情罢。我是生长于东南水乡的人，那里民生寒苦，冬天屋内没有火气，冷风可以直吹进被窝来，吃的通年不是很咸的腌菜也是很咸的腌鱼，有了这种训练去过东京的下宿生活，自然是不会不合适的。我那时又是民族革命的一信徒，凡民族主义必含有复古思想在里边，我们反对清朝，觉得清以前或元以前的差不多都好，何况更早的东西。听说夏穗卿钱念劬两位先生在东京街上走路，看见店铺招牌的某文句或某字体，常指点赞叹，谓犹存唐代遗风，非现今中国所有。冈千仞著《观光纪游》中亦纪杨惺吾回国后事云：

> 惺吾杂陈在东所获古写经，把玩不置曰，此犹晋时笔法，宋元以下无此真致。

这种意思在那时大抵是很普通的。我们在日本的感觉，一半是异域，一半却是古昔，而这古昔乃是健全地活在异域的，所以不是梦幻似地空假，而亦与高丽安南的优孟衣冠不相同也。

日本生活中多保存中国古俗，中国人好自大者反讪笑之，可谓不察之甚。《观光纪游》卷二《苏杭游记》上，记明治甲申（一八八四）六月二十六日事云：

> 晚与杨君赴陈松泉之邀，会者为陆云孙，汪少符，文小坡。杨君每谈日东一事，满坐哄然，余不解华语，痴坐其旁。因以为我俗席地而坐，食无案桌，寝无卧床，服无衣裳之别，妇女涅齿，带广，蔽腰围等，皆为外人所讶者，而中人辫发垂地，嗜毒烟甚食色，妇女约足，人家不设厕，街巷不容车马，皆不免陋者，未可以内笑外，以彼非此。

冈[1]氏言虽未免有悻悻之气，实际上却是说得很对的。以我浅陋所知，中国人纪述日本风俗最有理解的要算黄公度，《日本杂事诗》二卷成于光绪五年己[2]卯，已是五十七年前了，诗也只是寻常，注很详细，更难得的是意见明达。卷下关于房屋的注云：

室皆离地尺许，以木为板，藉以莞席，入室则脱屦户外，袜而登席。无门户窗牖，以纸为屏，下承以槽，随意开阖，四面皆然，宜夏而不宜冬也。室中必有阁以庋物，有床笫以列器皿陈书画。（室中留席地，以半掩以纸屏，架为小阁，以半悬挂玩器，则缘古人床笫之制而亦仍其名。）楹柱皆以木而不雕漆，昼常掩门而夜不扃钥。寝处无定所，展屏风，张帐幕，则就寝矣。每日必洒扫拂拭，洁无纤尘。

又一则云：

坐起皆席地，两膝据地，伸腰危坐，而以足承尻后，若趺坐，若蹲踞，若箕踞，皆为不恭。坐必设褥，敬客之礼有敷数重席者。有君命则设几，使者宣诏毕，亦就地坐矣。皆古礼也。因考《汉书》贾谊传，文帝不觉膝之前于席。《三国志》管宁传，坐不箕股，当膝处皆穿。《后汉书》，向栩坐板，坐积久板乃有膝踝足指之处。朱子又云，今成都学所存文翁礼殿刻石诸像，皆膝地危坐，两蹠隐然见于坐后帷裳之下。今观之东人，知古人常坐皆如此。（《日本国志》成于八年后丁亥，所记稍详略有不同，今不重引。）

这种日本式的房屋我觉得很喜欢。这却并不由于好古，上文所说的那种坐法实在有点弄不来，我只能胡坐，即不正式的趺跏，若要像管宁那样，则无论敷了几重席也坐不到十分钟就两脚麻痹了。我喜欢的还是那房子的适用，特别便于简易生活。《杂事诗》注已说明屋内铺席，其制编稻草为台，厚可二寸许，蒙草席于上，两侧加麻布黑缘，每席长六尺宽三尺，室之大小以席计数，自两席以至百席，而最普通者则为三席，四席半，六席，八席，学生所居以四席半为多。户窗取明者用格子糊以薄纸，名曰障子，可称纸窗，其他则两面裱暗色厚纸，用以间隔，名曰唐纸，可云纸屏耳。阁原名户棚，即壁橱，分上下层，可分贮被褥及衣箱杂物。床笫原名“床之间”，即壁龛而大，下宿不设此，学生租民房时可利用此地堆积书报，几乎平白地多出一席地也。四席半一室面积才八十一方尺，比维摩斗室还小十分之二，四壁萧然，下宿只供给一副茶具，自己买一张小几放在窗下，再有两三个坐褥，便可安住。坐在几前读书写字，前后左右凡有空地都可安放书卷纸张，等于一大书桌，客来遍地可坐，客六七人不算拥挤，倦时随便卧倒，不必另备沙发，深夜从壁橱取被摊开，又便即正式睡觉了。昔时常见日本学生移居，车上载行李只铺盖衣包小几或加书箱，自己手拿玻璃洋油灯在车后走而已。中国公寓住室总[3]在方丈以上，而板床桌椅箱架之外无多馀地，令人感到局促，无安闲之趣。大抵中国房屋与西洋的相同都是宜于华丽而不宜于简陋，一间房子造成，还是行百里者半九十，非是有相当的器具陈设不能算完成，日本则土木功毕，铺席糊窗，即可居住，别无一点不足，而且还觉得清疏有致。从前在日本旅行，在吉松高锅等山村住宿，坐在旅馆的朴素的一室内凭窗看山，或着浴衣躺席上，要一壶茶来吃，这比向来住过的好些洋式中国式的旅舍都要觉得舒服，简单而省费。这样房屋自然也有缺点，如《杂事诗》注所云宜夏而不宜冬，其次是容易引火，还有或者不大谨慎，因为槽上拉动的板窗木户易于偷启，而且内无扃钥，贼一入门便可各处自在游行也。

关于衣服《杂事诗》注只讲到女子的一部分，卷二云：

> 宫装皆披发垂肩，民家多古装束，七八岁时丫髻双垂，尤为可人。长，耳不环，手不钏，髻不花，足不弓鞋，皆以红珊瑚为簪。出则携蝙蝠伞。带宽咫尺，围腰二三匝，复倒卷而直垂之，若襁负者。衣袖尺许，襟广微露胸，肩脊亦不尽

掩。傅粉如面然，殆《三国志》所谓丹朱坋身者耶。

又云：

女子亦不着裤，里有围裙，《礼》所谓中单，《汉书》所谓中裙，深藏不见足，舞者回旋偶一露耳。五部洲惟日本不着裤，闻者惊怪。今按《说文》，裤，胫衣也。《逸雅》，裤，两股各跨别也。裤即今制，三代前固无。张萱《疑曜[4]》曰，裤即裈，古人皆无裆，有裆起自汉昭帝时上官宫人。考《汉书》上官后传，宫人使令皆为穷裤。服虔曰，穷裤前后有裆，不得交通。是为有裆之裤所缘起。惟《史记》叙屠岸贾有置其裤中语，《战国策》亦称韩昭侯有敝裤，则似春秋战国既有之，然或者尚无裆耶。

这个问题其实本很简单。日本上古有裤，与中国西洋相同，后受唐代文化衣冠改革，由筒管裤而转为灯笼裤，终乃裤脚益大，裤裆渐低，今礼服之"裤"已几乎是裙了。平常着裤，故里衣中不复有裤类的东西，男子但用犊鼻裈，女子用围裙，就已行了，迨后民间平时可以衣而不裳，遂不复着，但用作乙种礼服，学生如上学或访老师则和服之上必须着裤也。现今所谓和服实即古时之所谓"小袖"，袖本小而底圆，今则甚深广，有如口袋，可以容手巾笺纸等，与中国和尚所穿的相似，西人称之曰 Kimono，原语云“着物”，实只是衣服总称耳。日本衣裳之制大抵根据中国而逐渐有所变革，乃成今状，盖与其房屋起居最适合，若以现今和服住洋房中，或以华服住日本房，亦不甚适也。《杂事诗》注又有一则关于鞋袜的云：

> 袜前分歧为二歧，一歧容拇指，一歧容众指。屐有如兀字者，两齿甚高，又有作反凹者。织蒲为苴，皆无墙有梁，梁作人字，以布緶或纫蒲系于头，必两指间夹持用力乃能行，故袜分作两歧。考《南史》虞玩之传，一屐着三十年，蓁断以芒接之。古乐府，黄桑柘屐蒲子履，中央有丝两头系。知古制正如此也，附注于此。

这个木屐也是我所喜欢着的，我觉得比广东用皮条络住脚背的还要好，因为这似乎更着力可以走路。黄君说必两指间夹持用力乃能行，这大约是没有穿惯，或者因中国男子多裹脚，脚指互叠不能衔梁，衔亦无力，所以觉得不容易，其实是套着自然着力，用不着什么夹持的。去年夏间我往东京去，特地到大震灾时没有毁坏的本乡去寄寓，晚上穿了和服木屐，曳杖，往帝国大学前面一带去散步，看看旧书店和地摊，很是自在，若是穿着洋服就觉得拘束，特别是那么大热天。不过我们所能穿的也只是普通的“下驮”，即所谓反凹字形状的一种，此外名称“日和下驮”底作兀字形而不很高者，从前学生时代也曾穿过，至于那两齿甚高的“足驮”那就不敢请教了。在民国以前，东京的道路不很好，也颇有雨天变酱缸之概，足驮是雨具中的要品，现代却可以不需，不穿皮鞋的人只要有日和下驮就可应付，而且在实际上连这也少见了。

《杂事诗》注关于食物说的最少，其一云：

> 多食生冷，喜食鱼，聂而切之，便下箸矣，火熟之物亦喜寒食。寻常茶饭，萝卜竹笋而外，无长物也。近仿欧罗巴食法，或用牛羊。

又云：

> 自天武四年因浮屠教禁食兽肉，非饵病不许食。卖兽肉者隐其名曰药食，复曰山鲸。所悬望子，画牡丹者豕肉也，画丹枫落叶者鹿肉也。

讲到日本的食物，第一感到惊奇的事的确是兽肉的稀少。二十多年前我还在三田地方看见过山鲸（这是野猪的别号）的招牌，画牡丹枫叶的却已不见。虽然近时仿欧罗巴法，但肉食不能说很盛，不过已不如从前以兽肉为秽物禁而不食，肉店也在“江都八百八街”到处开着罢了。平常鸟兽的肉只是猪牛与鸡，羊肉⑤简直没处买，鹅鸭也极不常见。平民的下饭的菜到现在仍旧还是蔬菜以及鱼介。中国学生初到日本，吃到日本饭菜那么清淡，枯槁，没有油水，一定大惊大恨，特别是在下宿或分租房间的地方。这是大可原谅的，但是我自己却不以为苦，还觉得这有别一种风趣。吾乡穷苦，人民努力日吃三顿饭，唯以腌菜臭豆腐螺蛳为菜，故不怕咸与臭，亦不嗜油若命，到日本去吃无论什么都不大成问题。有些东西可以与故乡的什么相比，有些又即是中国某处的什么，这样一想就很有意思。如味噌汁与干菜汤，金山寺味噌与豆板酱，福神渍与酱咯哒，牛蒡独活与芦笋，盐鲑与勒鲞，皆相似的食物也。又如大德寺纳豆即咸豆豉，泽庵渍即福建的黄土萝卜，蒟蒻即四川的黑豆腐，刺身即广东的鱼生，寿司（《杂事诗》作寿志）即古昔的鱼鲊，其制法见于《齐民要术》，此其间又含有文化交通的历史，不但可吃，也更可思索。家庭宴集自较丰盛，但其清淡则如故，亦仍以菜蔬鱼介为主，鸡豚在所不废，唯多用其瘦者，故亦不油腻也。近时社会上亦流行中国及西洋菜，试食之则并不佳，即有名大店亦如此，盖以日东手法调理西餐（日本昔时亦称中国为西方）难得恰好，唯在赤坂一家云“茜”者吃中餐极佳，其厨师乃来自北平云。

日本食物之又一特色为冷，确如《杂事诗》注所言。下宿供膳尚用热饭，人家则大抵只煮早饭，家人之为官吏教员公司职员工匠学生者皆裹饭而出，名曰“便当”，匣中盛饭，别一格盛菜，上者有鱼，否则梅干一二而已。傍晚归来，再煮晚饭，但中人以下之家便吃早晨所馀，冬夜苦寒，乃以热苦茶淘之。中国人惯食火热的东西，有海军同学昔日为京官，吃饭恨不热，取饭锅置坐右，由锅到碗，由碗到口，迅疾如暴风雨，乃始快意，此固是极端，却亦是一好例。总之对于食物中国大概喜热恶冷，所以留学生看了“便当”恐怕无不头痛的。不过我觉得这也很好，不但是故乡有吃“冷饭头”的习惯，说得迂腐一点，也是人生的一点小训练。希望人人都有“吐斯”当晚点心，人人都有小汽车坐，固然是久远的理想，但在目前似乎刻苦的训练也是必要。日本因其工商业之发展，都会文化渐以增进，享受方面也自然提高，不过这只是表面的一部分，普通的生活还是很刻苦，此不必一定是吃冷饭，然亦不妨说是其一。中国平民生活之苦已甚矣，我所说的乃是中流的知识阶级应当学点吃苦，至少也不要太讲享受。享受并不限于吃“吐斯”之类，抽大烟娶姨太太打麻将皆是中流享乐思想的表现，此一种病真真不知道如何才救得过来，上文云云只是姑妄言之耳。

六月九日《大公报》上登载梁实秋先生的一篇论文，题曰《自信力与夸大狂》，我读了很是佩服，有关于中国的衣食住的几句话可以引用在这里。梁先生说中国文化里也有一部分是优于西洋者，解说道：

> 我觉得可说的太少，也许是从前很多，现在变少了。我想来想去只觉得中国的菜比外国的好吃，中国的长袍布鞋比外国的舒适，中国的宫室园林比外国的雅丽，此外我实在想不出有什么优于西洋的东西。

梁先生的意思似乎重在消极方面，我们却不妨当作正[⑥]面来看，说中国的衣食住都有些可取的地方。本来衣食住三者是生活中最重要的部分，因其习惯与便利，发生爱好的感情，转而成为优劣的辨别，所以这里边很存着主观的成分，实在这也只能如此，要想找一根绝对平直的尺度来较量盖几乎是不可能的。固然也可以有人说："因为西洋人吃鸡蛋，所以兄弟也吃鸡蛋。"不过在该吃之外还有好吃问题，恐怕在这一点上未必能与西洋人一定合致，那么这吃鸡蛋的兄弟对于鸡蛋也只有信而未至于爱耳。因此，改变一种生活方式很是烦难，而欲了解[⑦]别种生活方式亦不是容易的事。有的事情在事实并不怎么愉快，在道理上显然看出是荒谬的，如男子拖辫，女人缠足，似乎应该不难解决了，可是也并不如此，民国成立已将四半世纪了，而辫发未绝迹于村市，士大夫中爱赏金莲步者亦不乏其人，他可知矣。谷崎润一郎近日刊行《摄阳随笔》，卷首有《阴翳礼赞》一篇，其中说漆碗盛味噌汁（以酱汁作汤，蔬类作料，如茄子萝卜海带，或用豆腐）的意义，颇多妙解，至悉归其故于有色人种，以为在爱好上与白色人种异其趣，虽未免稍多宿命观的色彩，大体却说得很有意思。中日同是黄色的蒙古人种，日本文化古来又取资中土，然而其结果乃或同或异，唐时不取太监，宋时不取缠足，明时不取八股，清时不取雅片，又何以嗜好迥殊耶。我这样说似更有阴沉的宿命观，但我固深钦日本之善于别择，一面却亦仍梦想中国能于将来荡涤此诸染污，盖此不比衣食住是基本的生活，或者其改变尚不至于绝难欤。

我对于日本文化既所知极浅，今又欲谈衣食住等的难问题，其不能说得不错，盖可知也。幸而我预先声明，这全是主观的，回忆与印象的一种杂谈，不足以知日本真的事情，只足以见我个人的意见耳。大抵非自己所有者不能深知，我尚能知故乡的民间生活，因此亦能于日本生活中由其近似而得理会，其所不知者当然甚多，若所知者非其真相而只是我的解说，那也必所在多有而无可免者也。日本与中国在文化的关系上本犹罗马之与希腊，及今乃成为东方之德法，在今日而谈日本的生活，不撒有“国难”的香料，不知有何人要看否，我亦自己怀疑。但是，我仔细思量日本今昔的生活，现在日本“非常时”的行动，我仍明确地看明白日本与中国毕竟同是亚细亚人，兴衰祸福目前虽是不同，究竟的命运还是一致，亚细亚人岂终将沦于劣种乎，念之惘然。因谈衣食住而结论至此，实在乃真是漆黑的宿命论也。

廿四年六月廿一日，在北平。



【锺校】

①“冈”原作“罔”。

②“己”原作“已”。

④“曜”原作“耀”。

⑤“羊肉”原作“肉羊”。

⑥此处原衍“在”字，已删。

⑦“解”原作“理”。

【鄢校】

③“总”原作“听”。

# 关于日本语

十年前写过一篇文章，名曰《日本与中国》，其中有两节云：

> 中国在他独殊的地位上特别有了解日本的必要与可能，但事实上却并不然，大家都轻蔑日本文化，以为古代是模仿中国，现代是模仿西洋的，不值得一看。日本古今的文化诚然是取材于中国与西洋，却经过一番调剂，成为他自己的东西，正如罗马文明之出于希腊而自成一家，所以我们尽可以说日本自有他的文明，在艺术与生活方面为显著，虽然没有什么哲学思想。我们中国除了把他当作一种民族文明去公平地研究之外，还当特别注意，因为有许多地方足以供我们研究本国古今文化之参考。从实利这一点说来，日本文化也是中国人现今所不可忽略的一种研究。
>
> 中国与日本并不是什么同文同种，但是因为

文化交通的缘故，思想到底容易了解些，文字也容易学些（虽然我又觉得日本文中夹着汉字是使中国人不能深彻地了解日本的一个障害），所以我们研究日本比较西洋人要便利得多。

也正是那时候，我还在燕京大学教书，有一位同事是美国老牧师，在北京多年，对于中国学问很有研究，他在校内主张应鼓励学生习日俄语文。他的理由是，英美人多习法德语，中国则情形不同，因地理关系上与日本、俄国联系密切，故宜首先学习此二种言语，而法德各语尚在其次。这个意思实在很对，大约学校也不见得不赞同，不过未曾实行，以至于今。

民国十九年北京大学三十二周年纪念刊上我写了一篇小文，名曰《北大的支路》，希望学校提倡希腊印度亚剌伯日本的研究，关于日本的一节云：

> 日本有小希腊之称，他的特色确有些与希腊相似，其与中国文化上之关系更仿佛罗马，很能把先进国的文化拿去保存或同化而光大之，所以中国治国学的人可以去从日本得到不少的资料与参考。从文学史上来看，日本从奈良到德川时代这千二百馀年受的是中国影响，处处可以看出痕迹，明治维新以后，与中国近来的新文学相同，受了西洋的影响，比较起迹步骤几乎一致，不过

日本这回成为先进，中国老是追着，有时还有意无意地模拟贩卖，这都给予我们很好的对照与反省。

这话说了到如今也已是五个年头了。一个主张，一种意见，五年十年不会有效原也是当然，因为机缘很是重要，这却甚不容易遇到。其实从甲午至甲戌四十年中事情也不少了，似乎却总还不能引起知己知彼的决心，有的大约是刺激太小吧，没有效力，有的又是太大了，引起的反应超过了常度。九一八总是大事件了，然而它的影响在学校则不及，在社会则过。我不知道中国政府到底为什么缘故至今不办一个外国语学校，国家没有一个地方可以让学生习得英文以外的语文，即大学亦都在内。日本语向来只准当作第二外国语去学，而那种第二外国语是永远教不好学不好的。然而在社会上这些情形正是相反，近年来热心学习日本语者据说日渐增加，似乎是好现象了，我只怕是不骄便太怯，那即是过。有一个日本人卒然问曰，近来大家学日本话，说是为了一九三六年懂得日本话方便些，是不是？我看他很素朴却不是故意的问，便只好苦笑对他摇头道，我没有听说。

讲到底我是主张学日本语的。我主张在中国学习，如有资力可再往日本一走。学日本语最好有国立的外国语学校或大学专系，否则从私人亦可。学日本语的目的不可太怯，预备做生意，看书报，读社会科学，帮助研究国学，都是正当的目的，读日本文学作品，研究日本文化，那自然是更进一步了。语言文字本来是工具，初学或速成者只要能够使用就好了，若是想要研究下去的，却须知道这语言也有他的生命，多少要对于他感到一种爱好与理解。这样，须得根本地从口语入手，还得多读名家所写的文章，才能真正了解，不是单靠记忆几十条规则或翻看几本社会科学书所能达到的。因此我们的第二个的意见是，学日本语须稍稍心宽，可能的要多花费点时日，除不得已外万不宜求速成，盖天下无可速成之事，古人曰，欲速则不达，普通所谓速成实在只是浅尝，即只学了一部分耳。鄙人读日本文至今才二十八年，其间从先生学习者不过两年，却来胡乱说话，未免可笑，因答应张君已久，不能再拖欠了，只好赶写，请原谅则个。

廿四年一月。

# 市河先生

近十年来我在北京大学教日本文，似乎应该有好些的教学经验可以谈谈，其实却并不然。我对于教没有什么心得可谈，这便因为在学的时候本来也没有什么成绩。最重要的是经验，我的经验却是很不上轨道很无程序的，几乎不成其为经验。我学日文差不多是自修的，虽然在学校里有好几位教员，他们很热心地教，不过我很懒惰不用功，受不到多少实益。说自修又并不是孜孜矻矻地用苦功，实在是不足为法的，不过有些事情也不妨谈谈，或者有点足以供自修日文的诸君参考的地方也说不定。

讲起学日文来，第一还得先对我的几位先生表示感谢，虽然我自己不好好地学，他们对于我总是有益处的。我被江南督练公所派到日本去学土木工程时已是二十二岁，英文虽然在水师学过六年，日本语却是一句不懂的。最初便到留学生会馆的补习班里去学，教师是菊池勉，后来进了法政大学的预科，给我们教日文的教员共有三位，其一是保科孝一，文学士，国语学专家，著书甚多，今尚健在，其二是大岛压之助，其三是市河三阳。保科先生是一个熟练的教师，讲书说话都很得要领，像是预备得熟透的讲义似的，可是给我们的印象总是很浅。大岛先生人很活泼，写得一手的好白话，虽然不能说，黑板上写出来作译解时却是很漂亮，教授法像是教小学生地很有步骤，可以算是一个好教员，我却觉得总和他距离得远。市河先生白话也写得好，还能够说一点，但是他总不说，初次上课时他在黑板上写道“我名市河三阳”，使得大家发笑起来。他又不像大岛那样口多微辞，对于中国时有嘲讽的口气，功课不大行又欠聪明的学生多被戏弄，他只是诚恳地教书，遇见学生弄不清楚的时候，反而似乎很为难很没有办法的样子。我对于他的功课同样地不大用心，但对于他个人特别有好感，虽然一直没有去访问过。我觉得这三位先生很可以代表日本人的几种样式，是很有意思的事，只可惜市河先生这种近于旧式的好人物的模型现今恐怕渐渐地要少下去了。

我离开预科后还在东京住了四年，却不曾再见到市河先生，民国八年及廿三年又去过两次，也不去访问，实在并无从探听他的消息。今年春天偶读永井荷风的《荷风随笔》，其第十三篇题曰“市河先生之《烬录》”，不意地找到一点材料，觉得很可喜。其文有云：

纪述震灾惨状的当时文献中我所特别珍重不置的是市河泰庵先生之《烬录》。

先生今兹已于正月为了宿痾易箦于小石川之新居。我在先生前但有书翰往复，又因平生疏懒不曾一赴邸宅问病，遂至永失接謦欬的机会了。

《烬录》一书系先生以汉文记述在饭田町的旧居游德园为灾火所袭与其家人仅以身免时的事情，分编为避难纪事，杂事片片，神主石碑，烹茶樵书等十馀章，于罹灾后二年付印以分赠知人者也。卷尾记云：此稿于今兹九月十二日起草，旬日而阁笔，秋暑如毁，挥汗书之。词句拙陋杂驳，恰如出于烬中，因曰《烬录》，聊[1]以供辱问诸君之一笑。

又云：

泰庵先生名三阳，江户时代著名书家市河米庵先生之孙，万庵先生之嗣子也，其学德才艺并不愧为名家之后，世所周知，不俟谫劣如予者之言矣。

文中引有《烬录》避难纪事一部分，今节录于下：

大正十二年九月一日，朝来小雨才霁，暑甚。将午，时予倚坐椅，待饭至，地忽大动。予徐起离褥启窗，先望库屋，意谓库去岁大加修缮，可以据焉。踌躇间震益大，见电灯摇动非常，乃仓卒旋踵至庭中。……时近闻爆音，忽又闻消防车之声，盖失火也。须臾消防车去，以为火熄，岂意乃水道坏，消火无术可施也。内子以铁叶桶盛水来，乃投盐于中连饮之，曰，桔槔倒，以手引绳而汲，故迟迟耳。予曰，荒野氏如何？曰，幸免，但对面之顷屋瓦皆坠，某头伤来乞水。予曰，何处失火？曰，齿科医学校也。予时立而四顾。……黑烟益低，火星之降者渐多，遂决意作逃计。内子曰，不携君物乎？予此时贪念全绝，忽忆及一书箧适在库外，皆曾祖父集类，乃曰，然则携此乎。内子遂挈之出，弃箧，以儿带缚之，此他虽几边一小物举不及顾。盖当时馀震至剧，予若命内子入内，万一有事，恐有不堪设想者，且事急，率迫之际得脱此一函，亦足多矣。逃计既定，虑门前路隘有堕瓦之危，乃破庭前之篱以出。吾庭与邻园接，邻园为崖而多树，故吾庭平日眺望旷敞，知友皆羡焉。今予等

> 缒枝排莽而下，下至半途右顾，忽见火焰，盖在吾庭之右有人家楼屋，故庭中不见火也。……至晓星小学校前，满街狼狈，有跣足者，有袜而巾者，有于板上舁笃疾者，偶有妇人盛装而趋者，红裳翩飘，素足露膝不知也。予病中不喜着裈，此时一衣一带一眼镜耳，以故徐步之间尚颇恐露丑，心中独苦笑。

想像市河先生那时的情景，我亦不禁苦笑，其时盖已在给我们教书十五年之后，据荷风说先生于昭和二年病故，则为地震后四年，即民国十六年也。

《烬录》原书惜未得见，只能转抄出这一部分，据云原本用汉文所写，荷风引用时译为和文，今又重译汉文，失真之处恐不免耳。

四月。

**【锺校】**

①“聊”原作“卿”。

# 《我是猫》

我在东京的头两年，虽然在学日文，但是平常读的却多是英文书，因为那时还是英文比较方便，一方面对于日本的文学作品也还未甚了解。手头有几块钱的时候常去的地方不是东京堂而是中西屋，丸善自然更是可喜，不但书多而且态度很好，不比中西屋常有小伙计跟着监视。我读林译《说部丛书》的影响还是存在，一面又注意于所谓弱小民族的文学，此外俄法两国小说的英译本也想收罗，可是每月三十一圆的留学费实在不能买书，所以往往像小孩走过要货摊只好废然而返。一九〇六至八年中间翻译过三部小说，现在印出的有英国哈葛得与安度阑二氏合著的《红星佚史》，有丁未二月的序，又匈加利育珂摩耳的《匈奴奇士录》，有戊申五月的序。这种书稿卖价至多两文钱一个字，但于我却不无小补，伽纳忒夫人译《屠介涅夫集》十五册以及勃阑特思博士的《波阑印象记》

这些英书都是用这款买来的。还有一部译本是别一托尔斯泰的小说《银公爵》，改题“劲草”，是司各德式的很有趣味的历史小说，没有能卖掉，后来连原稿都弄丢了。戊申以后遂不再卖稿，虽然译还是译一点，也仍是译欧洲的作品，日本的东西没有一篇，到后来为《新青年》译小说才选了江马修的短篇《小小的一个人》，那已经是民国七八年的事情了。

但是，日本报纸当然每天都看，像普通的学生们一样，总是《读卖》与《朝日》两种新闻，此外也买点文学杂志，这样地便与日本新文学也慢慢接近。四年前我为张我军先生的《文学论》译本写一篇小序，有一节云：

> 不过夏目的文章是我素所喜欢的，我的读日本文书也可以说是从夏目起手。我初到东京时夏目在杂志《保登登岐须》（此言子规）上发表的小说《我是猫》正很有名，其单行本上卷也就出版，接着他在大学的讲义也陆续给书店去要了来付印，即这本《文学论》和讲英国十八世纪文学的一册《文学评论》。……夏目的小说，自《我是猫》《漾虚集》《鹑笼》以至《三四郎》和《门》，从前在赤羽桥边的小楼上偷懒不去上课的时候，差不多都读而且爱读过，虽然我所最爱的

还是《猫》，但别的也都颇可喜，可喜的却并不一定是意思，有时便只为文章觉得令人流连不忍放手。夏目而外这样的似乎很少，后辈中只是志贺直哉有此风味，其次或者是佐藤春夫罢。

上文末尾所说的话仔细想来或不十分确切，只说他们两位文章也都很好就是了，风味实在不大相同，盖夏目的文章特别是早期的很有他独自的特色，这或者可以说是英国绅士的幽默与江户子的洒脱之和合吧。他专攻英文学，又通和汉古典，同了正冈子规做俳句与写生文，把这个结果全用在小说上边，这就成了他一派作品的特种风味。《我是猫》与《鹑笼》中的一篇《哥儿》，我自己很喜欢读，也常劝学日文的朋友们读，因为这是夏目漱石的早期代表作，而且描写日本学生生活及社会都很可以增加我们的见识了解，比别的书要更为有益。不过这些书也就因此比较不容易读，社会情形之差异，一也，文字与口气之难得恰好领解，又其二也。例如《我是猫》这个书名，从汉文上说只有这一个译法，英文也是译为 I am a Cat，所以不能算不对，然而与原文比较，总觉得很有点失掉了神采了。原名云 Wagahai wa neko de-aru。第一，Wagahai 这字写作“我辈”，本意是说我们，与汉字原义相同，但是用作单数代名词时则意仍云

“我”而似稍有尊大的口气，在中国无相似的例。又de-aru在语法上本为da之敬语，在文章上却是别有一番因缘，明治时代新文学发达，口语文渐渐成立，当时有da式，desu式，de-arimasu式，de-aru式诸种写法，尝试的结果留下两个，即二叶亭的da与红叶山人的de-aru式，二者之差别似只在文气的粗细上，用者各有所宜，读者或亦各有所好也。夏目之猫如云Orewa neko ja，则近于车夫家的阿黑，如云Watashiwa neko de gozaimasu，则似二弦琴师家的三毛子，今独云云，即此一语已显然露出教师苦沙弥家无名猫公的神气，可谓甚妙，然而用别国言语无论英文汉文均不能传达出此种微妙的口气。又如《哥儿》原题云Botchan，查其本源盖出于坊，读若Bo，本是坊巷，转为僧坊，继而居僧坊者称曰坊样，小儿头圆如僧亦曰坊样，由Bosama又读作Bochama，再转为Botchan，即书名的原语。但Bochama一面为对小儿亲爱的称呼，哥儿一语略可相对，而别一方面又用以讥笑不通世故者，中国虽亦有公子哥儿之语，似终未能恰好，盖此二语之通俗性相差颇远也。这样说来好像夏目的书难读得很，连书目也就这样麻烦，其实当然未必如此，我这里只举个例说明原文口气之复杂，若作普通译语看则“我是猫”与“哥儿”也就很可以过得去了。学日文的人如目的只想看普通讲学的文章那也算了，若是从口语入手想看看文学作品的不读夏目的小说觉得很是可惜，所以略为介绍。《哥儿》与《草枕》都已有汉译本，可以参照，虽然译文不无可以商酌之处。《我是猫》前曾为学生讲读过两遍，全译不易，似可以注释抽印，不过一时还没有工夫动手，如有人肯来做这工作，早点成功，那是再好也没有的事了。

五月。

# 《和文汉读法》

梁任公著《和文汉读法》不知道是在哪一年，大约总是庚子前后吧，至今已有三十多年，其影响极大，一方面鼓励人学日文，一方面也要使人误会，把日本语看得太容易，这两种情形到现在还留存着。

近代的人关于日本语言文字有所说明的最早或者要算是黄公度吧。《日本杂事诗》二卷成于光绪五年（一八七九），其卷上注中有一则云：

> 市廛细民用方言者十之九，用汉言者十之一而已。日本全国音惟北海道有歧异，其馀从同，然士大夫文言语长而助词多，与平民甚殊，若以市井商贾之言施于缙绅，则塞耳退矣，故求通其语甚难。字同而声异，语同而读异，文同而义异，故求译其文亦难。

八年后即光绪十三年（一八八七）又撰成《日本国志》四十卷，其三十三卷为《学术志》之二，文学一篇洋洋四千言，于中日文字问题多所论列，大抵预期中国文体变革最为有识，其说明日文以汉字假名相杂成文之理亦有可取，文云：

> 日本之语言其音少，其语长而助辞多，其为语皆先物而后事，先实而后虚，此皆于汉文不相比附，强袭汉文而用之，名物象数用其义而不用其音，犹可以通，若语气文字收发转变之间，循用汉文，反有以钩章棘句诘曲聱牙为病者。故其用假名也，或如译人之变易其辞，或如绍介之通达其意，或如瞽者之相之指示其所行，有假名而汉文乃适于用，势不得不然也。

这两节都是五十年前的话了，假如说得有点错误本是难怪，但是我读了甚为佩服，因为他很能说明和文的特点，即文中假名部分之重要，以及其了解之困难是也。本来日本语与中国语在系统上毫无关系，只因日本采用中国文化，也就借了汉字过去，至今沿用，或训读或音读，作为实字，至于拼音及表示虚字则早已改用假名，汉字与假名的多少又因文章而异。正如黄君所说，今上自官府下至商贾通行之文大抵两者相杂各半，亦有“专用假名以成文者，今市井细民闾巷妇女通用之文是也”。日本普通文中所谓虚字[①]，即天尔乎波等助词与表示能所等助动词，固然全用了假名，就是动词形容词的语尾也无不以假名写之，这差不多已包含了文法上重要部分，汉字的本领便只在表明各个的名词动词形容词的意义而已。其实也还只有当作名词用的汉字可以说是自己完全的，若动词形容词必须将语根语尾合了起来才成一个完整的意思，所以这里汉字的地位并不很重要，好像裸体的小孩连上下身是个整个，这只是一件小汗衫而已。我们中国人习惯于用本国的汉字，多少又还留下认方块字的影响，以为每一个字就是整个，便容易误会日本好讲废话，语尾原是不必要的废物，可以干脆割掉丢开了事。在我们的立场去想，原来也是莫怪，不过若想用了这种方法去了解日本文字，那未免很有点困难了。黄君用了好些比喻，如译人，绍介，瞽者之相等，委曲地说明假名在和文中重要的职务，这是我觉得最可佩服的地方，而《和文汉读法》却也就在这里不免有缺点，容易使人误解了。

《和文汉读法》我在三十年前曾一见，现今手头没有此书，未能详说，大抵是教人记若干条文法之后删去汉字下的语尾而颠倒钩转其位置，则和文即可翻为汉文矣。本来和文中有好些不同的文体，其中有汉文调一种，好像是将八大家古文直译为日文的样子，在明治初期作者不少，如《佳人之奇遇》的作者柴东海散史，《国民之友》的编者德富苏峰，都写这类的文章，那样的钩而读之的确可以懂了，所以《和文汉读法》不能说是全错，不过这不能应用于别种的文体，而那种汉文调的和文近来却是渐将绝迹了。现在的日本文大约法律方面最易读，社会与自然科学次之，文艺最难，虽然不至于有专用假名的文章，却总说的是市井细民间巷妇女的事情，所以也非从口语入手便难以了解。从前戴季陶院长还没有做院长时曾答人家的问，说要学日文二年可以小成，要好须得五年，这话我觉得答得很好。《和文汉读法》早已买不到了，现在也少有人知道，可是他们的影响至今还是存在，希望记住几十条条例，在若干星期里学会日文的人恐怕还是很多。我想说明一声，这事是办不到的。日文到底是一种外国语，中间虽然夹杂着好些汉字，实际上于我们没有多大好处，还是要我们一天天的读，积下日子去才会见出功效来。我不怕嘴快折了希望速成的诸君的锐气，只想老实说话，将实情报告各位，据我想还是慢慢地往前进为佳，盖时光实在是“快似慢”，一年半载便是空闲着也就倏忽地过去也。

黄公度既知和文的特色，对于汉文亦颇有高明的意见，如云：

周秦以下文体屡变，逮夫近世章疏移檄告谕

批判，明白晓畅务期达意，其文体绝为古人所无。若小说家言，更有直用方言以笔之于书者，则语言文字几几乎复合矣。余又乌知夫他日者不更变一文体为适用于今通行于俗者乎。

在那时候，日本文坛上的言文一致运动尚未发生，黄君乃能有此名言，预示中国白话文的途径，真可谓先觉之士矣。乃事隔四十八年，中国又有读经存文的呼声，此足见思想文化之老在那里打圈子，更令人觉得如黄君的卓识为不可多得了。

六月。

【锺校】

①“字”原作“宇”。

# 《日本话本》

中国人学日本文有好些困难的地方，其第一重大的是日本文里有汉字。这在不懂汉字的西洋人看来自然是一件大难事，既学日本话，还要记汉字，我们中国人是认得汉字的，这件事似乎不成问题了。这原是不错的。但是，因为我们认得汉字，觉得学日本文不很难，不，有时简直看得太容易了，往往不当它是一种外国语去学，于是困难也就出来，结果是学不成功。这也是一种轻敌的失败。日本文里无论怎样用汉字，到底总是外国语，与本国的方言不同，不是用什么简易速成的方法可以学会的。我们以为有汉字就容易学，只须花几星期的光阴，记数十条的公式，即可事半功倍的告成，这实在是上了汉字的大当，工夫气力全是白花，虽然这当初本来花得不多。我常想，假如日本文里没有汉字，更好是连汉语也不曾采用，那么我们学日本文一定还可以容易一点。这不但是说没有汉字的诱惑我们不会相信速成，实际上还有切实的好处。汉字的读音本来与字面游离的，我们认识了读得出这一套，已经很不容易，学日文时又要学读一套，即使吴音汉音未必全备，其音读法又与中国古音有相通处，于文字学者大有利益，总之在我们凡人是颇费力的事，此外还得记住训读，大抵也不止一个。例如“行”这一字，音读可读如下列三音：

一，行列（gioritsu），

二，行路（kôrô），

三，行脚（angia）。

又训读有二：

一，行走之行云 yuku，

二，行为之行云 okonau。

此字在中国本有二义，自然更觉麻烦，但此外总之至少也有一音一训的读法，而在不注假名的书中遇见，如非谙记即须去查字典，不能如埃及系统的文字虽然不懂得意义也能读得音出也。因为音训都有差异，所以中国人到日本去必得改姓更名，如鼎鼎大名的王维用威妥玛式拼音应是 Wang-wei，但在日本人的文章里非变作 O-i 不可，同样如有姓小林（Kobayashi）的日本人来中国，那么他只得暂时承认是 Hsiaolin 了。这样的麻烦在别的外国是没有的，虽然从前罗素的女秘书 Miss Black 有人译作黑女士，研究汉学的 Soothill 译作煤山氏，研究日本的 Basil Hall Chamberlain 曾把他自己的两个名字译作“王堂”，当作别号用过，可是这都是一种例外，没有像日本那样的正式通用的。有西洋人在书上纪载道：“日本人在文字上写作 Cloud-sparrow，而读曰 Lark。”日本用“云雀”二字而读作 hibari，本是普通的事，但经人家那么一写便觉得很可发笑了。

假如日本文里没有汉字，那些麻烦便也可以没有，学话的人死心塌地的一字一句去记，像我们学英法德文一样，初看好像稍难，其实却很的确实在，成功或较容易。不过这话说也徒然，反正既成的事实是无可如何，我们只希望大家不要太信赖汉字，却把日本文重新认识，当作纯粹的外国语去学习，也就好了。我在这里忽然想起友人真君前日给我的一封信来，文曰：

> 前偶过市中，见车夫状者多人，诵似日文而非日文之书，未细审之也。乃昨日在市场发见安东某书局发行之《日本话本》一册，始悟前所见者之所以然。此种为殖民地土人而编之书，究不知尚有几许耳。拣呈吾师，以供一慨云尔。

与其说是慨叹，倒还不如说是好奇，想要知道这册洋泾浜的日本话教本到底是怎么一回事。颇出我意外，实在却也应该是意中的，他的学习法正是完全把日本话当作外国语看，虽然其方针与目的原不大高明。这是一册十六页的小书，题曰《中国口韵日本话本》，内分十五类，杂列单字，间有单句，用汉字注音，不列原文。光绪年间在上海出版的有好些《英语入门》之流大抵也是如此，盖原意是供给商人仆夫等用，不足深责，其教话不教文的办法与学文不学话的速成法也是各有短长，但可以借镜的地方却也并不是没有。如杂语类中云：

空你知三抱你买一立马绍。

一看很是可笑，不知说的是什么话，但上面记着中国话云：今天同去游游吧。这里可注意的，“散步”一语老实地注作“三抱”，比我们从文字入手的先想起散步再去记出它的读法来或者要直截一点。又如下列的两句：

“南信你及马十大”，你来做什么。

“懊石代古大赛”，告诉。

这里可以看出口耳相传的特色来。第一句 Nani shini kimashita，说起来的确多变作 Nan shinni 云云，第二句 Oshiëte kudasai，平常说作 Osete，虽然新村出的《辞苑》里还未收入这个读音。这里来恭维《日本话本》不是我们的本意，但觉得那种死心塌地一字一句照音学话法倒是学外国文的正路，很足供我们的参考。我想如有人要学日本话，会话用书须得全部用假名，词类连书，按[1]照口音写下去，所有汉字都放在注解里，读本也可以照这样的做，庶可救正重文之弊。但是，只为读书而学日本文也是可以的，学话自然非其所急了。然而现在的日本书还是以话为基本，所以学文也仍须从学话入手，不过不单以说话为目的罢了。若多记文法少习口语，则大意虽懂而口气仍不明，还不免有囫囵吞枣之嫌也。

七月。



【锺校】

①“按”原作“案”。

# 文字的趣味

学外国文的目的第一自然是在于读书，但是在学习中还可以找得种种乐趣，虽然不过只是副产物，却可以增加趣味，使这本来多少干燥的功课容易愉快地进步。学外国语时注意一点语原学上的意义，这有如中国识字去参考《说文解字》以至钟鼎甲骨文字，事情略有点儿繁琐，不过往往可以看到很妙的故实，而且对于这语文也特别易于了解记得。日本语当然也是如此。日本语源字典还不曾有，在好的普通辞典上去找也有一点，但这在初学者不免很是困难罢了。

近代中国书好奇地纪录过日本语的，恐怕要算黄公度的《日本杂事诗》最早了吧。此诗成于光绪己卯(一八七九)，八年后又作《日本国志》，亦有所记述。今举一二例，如《杂事诗》卷二《琵琶偷抱近黄昏》一首注云：

不由官许为私卖淫，夜去明来，人谓之地狱

女。又艺妓曰猫，妓家奴曰牛，西人妾曰罗纱牝，妻曰山神，小儿曰饿鬼，女曰阿魔，野店露肆垂足攫食者[①]曰矢大臣，皆里巷鄙俚之称。

艺妓称猫云云今且不谈，只就别的几个字略加解说。饿鬼读如 gakki，系汉语音读，源出佛经，只是指小儿的卑语，与女曰阿魔同，阿魔（ama）即尼之音读也。矢大臣（yadaijin）者即门神之一，与左大臣相对立，此言列坐酒店柜台边喝碗头酒的人。山神（yama ho kami）亦卑语，《日本国志》卷三十四《礼俗志》一婚娶条下云："平民妻曰女房，曰山神。"注云："琼琼杵尊娶木花笑耶，姬为富士山神，以美称，故妻为山神。"

此说盖亦有所本，但似未当，山神以丑称，非美也。《狂言》中有《花子》（《狂言十番》译本作《花姑娘》）一篇，爵爷道白有云："她说，我想看一看尊夫人的容貌。我就把罗刹的尊容做了一首小调回答她。"又云："还有这件衫子是花姑娘给我的纪念品，给罗刹看见了不会有什么好事的。"这里的罗刹原文都是山神。《东北之土俗》讲演集中有金田一京助[②]的一篇《言语与土俗》，中云：

> 盛冈地方有所谓打春田的仪式。这在初春比万岁舞来得要略迟一点，从春初的秧田起，以至

插秧，拔草，割稻，收获种种举动都舞出来，总之是一种年中行事，预祝一年的农作有好收成也。

盛冈俗语里有好像打春田的娘子这一句话，所以演这舞的土地之神是年青美貌的一位处女神。可是在一年的收获完了的时候，说是土地神上到山上去，变为山神了，舞了后那美丽的假面拍地吊了下来，换了一个漆黑的丑恶可怕的女人脸，退回后台。据说那就是山神的形相。

据本地的人说，土地之神是美丽而温和，山神乃是丑而妒，易怒可怕的女神。

后又云：

中世称人家的妻曰 kamisama（上样）。这意思是说上头，是很大的敬语。后来渐渐普遍化了，现在改换了奥样奥方这些称呼，在东京上样这句话只用以叫那市街或商家的妻子，但是在内地也还有用作称人妻的最上敬语的。戏将上样与音读相同的神样相混，加以嘲弄之意称曰山神，此实为其起源。盖在对于山神的古代重要的观念之外，中世又有前述的易怒而妒且丑的女神这一观念也。这事在盛冈的打春田的土俗中明白地遗留着，是很有意义的，我的山神考便是以这土俗为唯一的线索而做出来的也。

《杂事诗》卷二《末知散步趁农闲》一首注中有云："栗曰九里，和兰薯曰八里半。"《日本国志》卷三十五《礼俗志》二饮食条下云：

> 蕃薯，本吕宋国所产，元禄中由琉球得之，关西曰琉球薯，关东曰萨摩薯，江户妇人皆称曰阿萨，店家榜曰八里半。（栗字国音同九里，此谓其味与栗相似而品较下也。）煨而熟之，江户八百八街，角街必有薯户，自卯晨至亥夜，灶烟蓬勃不少息，贵贱均食之。然灶下养婢，打包行僧，无告穷苦[③]，尤贪其利，盖所费不过数钱，便足果腹也。

八里半乃是烤白薯（yaki-imo）的异名，若是生的仍称萨摩芋，阿萨亦是指烤熟的，此乃女人用语，即加接头敬语"御"字于萨摩芋而又略去其末二字耳。黄君描写烤白薯一节文字固佳，其注意八里半尤妙，即此可见其对于文字的兴趣也。江户作家式亭三马著滑稽小说《浮世床》（此处床字作理发馆解）初编中已说及七里半，民间又或称曰十三里，其解说则云烤白芋之味比栗子更好吃，kuri（栗又可读作九里）yori（比较又云四里）umai（美味），九加四即是十三里也。

八月。

**【锺校】**

①原无“者”字，今增。

②“金田一京助”，原作“《金田一京助》”。

③“苦”原作“告”。

# 文字的趣味二

日本语中特别有一种所谓敬语，这是在外国语里所很少见的。中国话中本来也有尊姓台甫那一套，不过那是很公式的东西，若是平常谈话里多使用，便觉得有点可笑了。日本的敬语稍有不同，他于真正表现恭敬之外，还用以显示口气郑重的程度，在学话的人不免略有困难，但如谷崎润一郎在《文章读本》所说，这却有很大的好处，因为读者能够从这上面感到人物与事情的状态，可以省去好些无谓的说明。还有日本女人说话的口气也有一种特殊的地方，与男子不一样，在文章的对话中特别有便利，也是别国的言语里所没有的，虽然这与敬语别无多大的关系。

日本敬语中最普通的是一个“御”字。《日本杂事诗》卷二《末知散步趁农闲》一首注云：

> 茶曰御茶。御为日本通用之字，义若尊字。

日本语有训读音读之异，御字亦然，通例是加于音读字上用音读曰 go，加于训读字上用训读曰 o。茶字本系音读字，唯因日本原无此物，即无此训，故茶字便以准训读论，御茶即读为 ocha，若饭曰御饭，音读曰 gohan，而御食事又以准训读论曰 oshokuji，颇多例外，但大旨则如上文所说耳。御字又有训读曰 mi，虽略古旧，仍偶然有用者，往往与 o 相重，造成很奇妙的俗语。其一如：omiotsukè，如写汉字当云御御御渍。俗称汤曰御渍（otsukè)，今专以称“味噌汁”(misojiru)。味噌汁者以豆酱作汤，中着瓜蔬豆腐为汤料，日常早饭时多用之。妇孺于御渍之上再加敬语，遂至三叠，今为东京通行家庭语，非细加思索几乎忘记其语原如此矣。其次有：

omikoshi，此曰御神舆，又 omikuji，此曰御神阄。迎神时以舆载神体（不一定是神像）曰神舆，实即御舆，今又加上一御字去，神阄即中国签经之类。又供神之酒亦云 omiki，此曰御神酒。此一类皆属于神道的事物，故特示尊重亦无足怪。日本语学者云此 omi-乃是 oomi-之略，盖云大御，omikoshi 犹云大御舆，馀准此。但御字本系大字音之略，然则大御亦仍是御御，唯为变化起见写作神或尊或大自无所不可，至其为同义①叠字固②无疑耳。

其三，omiäshi，此曰御尊足。本来人身各部分都有敬称，如手曰御手（oté），耳曰御耳（omimi），均不作 omité 及 omimimi，只有这脚却是例外。足亦可曰御足，读右 oäshi，可是日本语中有此一语而不作“脚”解，普通乃作为“钱”的俗称，据小峰大羽编《东京语辞典》云：

> 御足，钱之异名。只称小钱，不用于纸币及其他高值的货币。

又服部嘉香著《新语原解释字典》云：

> 因其通用流转于世间，恍如有脚，故名。

在宫本光玄著《隐语字典》中则云：

> 根据晋鲁褒《钱神论》，无翼而飞，无足而走。

我想服部的话大抵不错，与《钱神论》只是暗合罢了。大约脚在当初也是称作御足，后来钱的异名通行于世，于是脚遂升格而为“大御足”了。

讲到脚，我又想到了别一句话：“洗足”（ashiöarau）。这除了作用水洗脚八桠子的正解外还有别的意思，据藤井乙男博士的《谚语大辞典》云：

> 脱贱业而就正业也。

日本俗语中有泥足（doroäshi）泥水家业（doromizu-kagyō）二语，查石山福治著《日支大辞汇》，泥足及泥水均注曰“烟花界”。准照中国青泥莲花之语，以污泥比贱业本亦平常，然则歇业正可谓之洗脚，不必再有说明了。但是，这里还有一点掌故可以谈谈。据阿部弘藏著《日本奴隶史》第十六章说，德川时代除纯粹的奴隶以外还有所谓下流人，即营各种卑微的职业者，其地位在普通人民与“秽多非人”之间，属秽多首领所管辖。书中叙述其事云：

> 欲营是诸职业者例须赴牢头弹左卫门处，请求许可。是时牢头延之上坐，照例云，即使不干这事也还有别的生意可做吧，我想还是请你再去好好地考虑一下。于是唯唯而退，一二日后再往，仍延入问曰，此外还有什么生意做么？答云，无论怎样想，总没有别的生意可做了。曰，还请你去同亲戚商量了再看。这回仍唯唯辞出，三四日后再往，仍延入，曰，此外没有别的生意做么？答曰，同亲戚仔细商量，无论如何此外没有办法了，所以要请你照应。再问道，那么真是屈尊归我的管辖了么？答曰，是，务请照管。这时牢头忽发威大喝一声曰，下去！此人预知如此因即连声应曰着着，赤足走出蹲伏院中，于是牢头对之宣示各项条款。此后一年两回须至首领处报到，仍跣足伏门外。将废业时又至其处曰，久蒙照管，现在想要废业了。牢头遂令取木盆汲水来，命令

曰，用这洗脚吧！即如命洗讫。主人乃曰，请入内。延入内室，对之致贺曰，现在废业了，奉贺奉贺。遂遣出。此即谓洗足（ashiärai）也。

由此可知洗脚乃是实事，并非单是比喻，泥足之称或与此有关系，至于泥水盖是别一事，如上文说及只是污泥的意思罢了。

十月。

【锺校】

①“义”原作“意”。

②“固”原作“故”。

# 情理



管先生叫我替《实报》写点文章，我觉得不能不答应，实在却很为难。这写些什么好呢？

老实说，我觉得无话可说。这里有三种因由。一，有话未必可说。二，说了未必有效。三，何况未必有话。

这第三点最重要，因为这与前二者不同，是关于我自己的。我想对丁自己的言与行我们应当同样地负责任，假如明白这个道理而自己不能实行时便不该随便说，从前有人住在华贵的温泉旅馆而嚷着叫大众冲上前去革命，为世人所嗤笑，至于自己尚未知道清楚而乱说，实在也是一样地不应当。

现在社会上忽然有读经的空气继续金刚时轮法会而涌起，这现象的好坏我暂且不谈，只说读九经或十三经，我的赞成的成分倒也可以有百分之十，因为现在至少有一经应该读，这里边至少也有一节应该熟读。这就是《论语》的《为政第二》中的一节：

子曰，由，诲汝知之乎，知之为知之，不知为不知，是知也。

这一节话为政者固然应该熟读，我们教书捏笔杆的也非熟读不可，否则不免误人子弟。我在小时候念过一点经史，后来又看过一点子集，深感到这种重知的态度是中国最好的思想，也与苏格拉底可以相比，是科学精神的源泉。

我觉得中国有顶好的事情，便是讲情理，其极坏的地方便是不讲情理。随处皆是物理人情，只要人去细心考察，能知者即可渐进为贤人，不知者终为愚人，恶人。《礼记》云，饮食男女人之大欲存焉，死亡贫苦人之大恶存焉。《管子》云，仓廪实则知礼节，衣食足则知荣辱。这都是千古不变的名言，因为合情理。现在会考的规则，功课一二门不及格可补考二次，如仍不及格则以前考过及格的功课亦一律无效。这叫做不合理。全省一二门不及格学生限期到省会考，不考虑道路的远近，经济能力的及不及。这叫做不近人情。教育方面尚如此，其他可知。

这所说的似乎专批评别人，其实重要的还是借此自己反省，我们现在虽不做官，说话也要谨慎，先要认清楚自己究竟知道与否，切不可那样不讲情理地乱说。说到这里，对于自己的知识还没有十分确信，所以仍不能写出切实有主张的文章来，上边这些空话已经有几百字，聊以塞责，就此住笔了。

廿四年五月。

［附记］管翼贤先生来访，命为《实报》写“星期偶感”，在星期日报上发表，由五人轮流执笔，至十一月计得六篇，便集录于此。

十一月廿六日记。

# 常识

轮到要写文章的时候了，文章照例写不出。这一个多月里见闻了许多事情，本来似乎应该有话可说，何况仅仅只是几百个字。可是不相干，不但仍旧写不出文章，而且更加觉得没有话说。

老实说，我觉得我们现在话已说得太多，文章也写得太多了。我坐在北平家里天天看报章杂志，所看的并不很多，却只看见天天都是话，话，话。回过头来再看实际，又是一塌糊涂，无从说起。一个人在此刻如不是闭了眼睛塞住耳朵，以至昧了良心，再也不能张开口说出话来。我们高叫了多少年的取消不平等条约的口号，实际上有若何成绩，连三十四年前的辛丑条约还条条存在。不知道那些专叫口号贴标语的先生哪里去了，对于过去的事可以不必再多说，但是我想以后总该注重实行，不要再想以笔舌成事，因这与画符念咒相去不远，究竟不能有什么效用也。

古人云，为治者不在多言，顾力行何如耳。这原是很对的，但在有些以说话为职业的人，例如新闻记者，那怎么办呢？新闻而不说什么话，岂不等于酒店里没有酒，当然是不成。据我外行人想来，反正现在评论是不行，报告又不可，就是把北岩勋爵请来也是没有办法的，那么何妨将错就错（还是将计就计呢），去给读者做个谈天朋友，假如酒楼的柱子上贴着莫谈国事或其他二十年前的纸条，那么就谈谈天地万物，以交换智识而联络感情，不亦可乎。

我想，在言论不大自由的时代，不妨有几种报纸以评论政治报告消息为副课，去与平民为友，供给读者以常识。说到这里，图穷而匕首见，题目出来，文章也就可以完了。不过在这里要想说明一句，便是关于常识的解释。我们无论对于读者怎么亲切，在新闻上来传授洋蜡烛的制造法，或是复利的计算法，那总可不必罢。所谓常识乃只是根据现代科学证明的普通知识，在初中的几种学科里原已略备，只须稍稍活用就是了。如中国从前相信华人心居中，夷人才偏左，西洋人从前相信男人要比女人少一支肋骨，现在都明白并不是这么一回事。我们如依据了这种知识，实心实意地做切切实实的文章，给读者去消遣也好，捧读也好，这样弄下去三年五年十年，必有一点成绩可言。说这未必能救国，或者也是的，但是这比较用了三年五年的光阴再去背诵许多新鲜古怪的抽象名词总当好一点，至少我想也不至于会更坏一点吧。

六月。

# 责任



“天下兴亡，匹夫有责。”这是读书人常说的一句话，作为去干政治活动的根据的，据说这是出于顾亭林。查《日知录》卷十三有这样的几句云：“保国者，其君其臣肉食者谋之。保天下者，匹夫之贱与有责焉耳矣。”再查这一节的起首云：“有亡国，有亡天下。亡国与亡天下奚辨？曰，易姓改号，谓之亡国。仁义充塞而至于率兽食人，人将相食，谓之亡天下。”顾亭林谁都知道是明朝遗老，是很有民族意识的，这里所说的话显然是在排满清，表面上说些率兽食人的老话，后面却引刘渊石勒的例，可以知道他的意思。保存一姓的尊荣乃是朝廷里人们的事情，若守礼法重气节，使国家勿为外族所乘，则是人人皆应有的责任。我想原义不过如此，那些读书人的解法恐怕未免有点歪曲了吧。但是这责任重要的还是在平时，若单从死难着想毫无是处。倘若平生自欺欺人，多行不义，即使卜居柴市近旁，常往崖山踏勘，亦复何用。洪允祥先生的《醉馀随笔》里有一节说得好：

> 《甲申殉难录》某公诗曰，愧无半策匡时难，只有一死报君恩。天醉曰，没中用人死亦不济事。然则怕死者是欤？天醉曰，要他勿怕死是要他拚命做事，不是要他一死便了事。

这是极精的格言，在此刻现在的中国正是对症服药。《日知录》所说匹夫保天下的责任在于守礼法重气节，本是一种很好的说法，现在觉得还太笼统一点，可以再加以说明。光是复古地搬出古时的德目来，把它当作符似地贴在门口，当作咒似地念在嘴里，照例是不会有效验的，自己不是巫祝而这样地祈祷和平，结果仍旧是自欺欺人，不负责任。我们现在所需要的是实行，不是空言，是行动，不是议论。这里没有多少繁琐的道理，一句话道，大家的责任就是大家要负责任。我从前曾说过，要武人不谈文，文人不谈武，中国才会好起来，也原是这个意思，今且按下不表，单提我们捏笔杆写文章的人应该怎样来负责任。这可以分作三点。一是自知。“知之为知之，不知为不知。”不知妄说，误人子弟，该当何罪，虽无报应，岂不惭愧。二是尽心。文字无灵，言论多难，计较成绩，难免灰心，但当尽其在我，锲而不舍，岁计不足，以五年十年计之。三是言行相顾。中国不患思想界之缺权威，而患权威之行不顾言，高卧温泉旅馆者指挥农工与陪姨太太者引导青年，同一可笑也。无此雅兴与野心的人应该更朴实的做，自己所说的话当能实践，自己所不能做的事可以不说，这样地办自然会使文章的虚华减少，看客掉头而去，但同时亦使实质增多，不误青年主顾耳。文人以外的人各有责任，兹不多赘，但请各人自己思量可也。

八月。

# 谈文

这几天翻阅近人笔记，见叶松石著《煮药漫抄》卷下有这一节，觉得很有意思。

> 少年爱绮丽，壮年爱豪放，中年爱简练，老年爱淡远。学随年进，要不可以无真趣，则诗自可观。



叶松石在同治末年曾受日本文部省之聘，往东京外国语学校教汉文，光绪五六年间又去西京住过一年多，《煮药漫抄》就是那时候所著。但他压根儿还是诗人，《漫抄》也原是诗话之流，上边所引的话也是论诗的，虽然这可以通用于文章与思想，我觉得有意思的就在这里。

学随年进，这句话或者未可一概而论，大抵随年岁而变化，似乎较妥当一点。因了年岁的不同，一个人的爱好与其所能造作的东西自然也异其特色，我们如把绮丽与豪放并在一处，简练与淡远并在一处，可以分作两类，姑以中年前后分界，称之曰前期后期。中国人向来尊重老成，如非过了中年不敢轻言著作，就是编订自己少作，或评论人家作品的时候也总以此为标准，所以除了有些个性特别强的人，又是特别在诗词中，还留存[1]若干绮丽豪放的以外，平常文章几乎无不是中年老年即上文所云后期的产物，也有真的，自然也有仿制的。我们看唐宋以至明清八大家的讲义法的古文，历代文人讲考据或义理的笔记等，随处可以证明。那时候叫青年人读书，便是强迫他们磨灭了纯真的本性，慢慢人为地造成一种近似老年的心境，使能接受那些文学的遗产。这种办法有的也很成功的，不过他需要相当的代价，有时往往还是得不偿失。少年老成的人是把老年提先了，少年未必就此取消，人抵到后来再补出来，发生冬行春令的景象。我们常见智识界的权威平日超人似地发表高尚的教训，或是提倡新的或是拥护旧的道德，听了着实叫人惊服，可是不久就有些浪漫的事实出现，证明言行不一致，于是信用扫地，一塌胡涂。我们见了破口大骂，本可不必，而且也颇冤枉，这实是违反人性的教育习惯之罪，这些都只是牺牲耳。《大学》有云："是谓拂人之性，灾必逮夫身。"现今正是读经的时代，经训不可不三思也。

少年壮年中年老年，各有他的时代，各有他的内容，不可互相侵犯，也不可颠倒错乱。最好的办法还是顺其自然，各得其所。北京有一首儿歌说得好，可以唱给诸公一听：

新年来到，糖瓜祭灶。
姑娘要花，小子要炮。
老头子要戴新呢帽，
老婆子要吃大花糕。

七月。

【锺校】

①“存”原作“在”。

# 再谈文

鄙人近来很想写文章，却终于写不出什么文章来。这为什么缘故呢？力量不够，自然是其一。然而此外还有理由。

写文章之难有二，自古已然，于今为烈。这可以用《笑林》里的两句话来做代表，一是妙不可言，二是不可言妙。

情动于中而形于言，这自是定理，但是言往往不足以达情，有言短情长之感。佛教里的禅宗不立文字，就是儒家也有相似的意思，如屈翁山在《广东新语》中记“白沙之学”云：

> 白沙先生又谓此理之妙不可言，吾或有得焉，心得而存之，口不可而言之。比试言之，则已非吾所存矣，故凡有得而可言，皆不足以得言。

这还是关于心性之学的话，在文学上也是如此。司空表圣有“不着一字尽得风流”一境，固然稍嫌玄虚，但陶渊明诗亦云，“此中有真意，欲辩已忘言”，可知这是实在有的，不过在我们凡人少遇见这些经验而已。没有经验，便不知此妙境，知道了时又苦于不可得而言，所以结果终是难也。

有人相信文字有灵，于是一定要那么说，仿佛是当做咒语用，当然也就有人一定不让那么说。这在文字有灵说的立场上都是讲得通的，两方面该是莫逆于心，相视而笑了，但是也有觉得文字无灵的，他们想随便写写说说，却有些不大方便。因为本来觉得无灵，所以也未必非说不可地想硬说，不过可以说的话既然有限制，那么说起来自然有枯窘之苦了。

话虽如此，这于我都没有多大关系，因为我并无任何的“妙”要说，无论是说不出或是说不得的那一种。我写文章，一半为的是自己高兴，一半也想给读者一点好处，不问是在文章或思想上。我常想普通在杂志新闻上写文章不外三种态度。甲曰老生常谈，是启蒙的态度。乙曰市场说书，是营业的。丙曰差役传话，是宣传的。我自己大约是甲加一点乙，本是老翁道家常，却又希望看官们也还肯听，至少也不要一句不听地都走散。但是，这是大难大难。有些朋友是专喜欢听差役传话的，那是无法应酬，至于喜说书原是人情之常，我们固然没有才能去学那一套，但也不可不学他们一点，要知道一点主顾的嗜好。这个便绝不容易。中年知识阶级的事情我略知一二，他们不能脱除专制思想与科举制度的影响，常在口头心头的总不出道德仁义与爵禄子女，这个恕难奉陪，所以中年的读物虽然也应该供给却是无从下手，只好暂且不谈。大众是怎样呢？这是大家所很想知道的，特别是在我们现今在报上写点小文章的人。可惜我还未能明确地知道。约略一估量，难道他们竟是承受中年知识阶级的衣钵的么？这个我不敢信，也不敢就断然不信。总之，我还不清楚大众喜欢听什么话，因此未能有所尽言，我所说的文章（写了聊以自娱的文章在外）之难写就是这个缘故。

九月。

# 谈中小学

五年前我写过一篇小文，题曰《体罚》，起头有这几句话：

> 近来随便读斯替文生的论文《儿童的游戏》，首节说儿时之过去未必怎么可惜，因为长大了也有好处，譬如不必再上学校了，即使另外须得工作，也是一样的苦工，但总之无须天天再怕被责罚，就是极大的便宜。我看了不禁微笑，心想他老先生小时候大约很打过些手心吧。

前日又看尤西堂的《艮斋杂说》，卷五讲到前辈俞君宣的逸事，有云：

> 俞临没时语所亲曰，吾死无所苦，所苦此去重抱书包上学堂耳。

俞君宣大约是滑稽之雄，所以说的很是好玩，但是我觉得在这诙谐之中很含有悲哀的分子，非意识地显出对于儿童时代生活的惆怅，与斯替文生有点相像。儿童之过去未必怎么可惜，这为什么呢？儿时是应该令人觉得可以怀念的，斯替文生却以为过去了也好，俞君宣又怕回到那个状态去，一个说因此可免于挨打，一个说怕抱书包去上学。由此观之，儿时快乐之多为学堂所破坏，盖很可以明了了。

俞君宣总生于明末清初，斯替文生也是十九世纪的人了，他们的经验或者未必通用于现代，这也是一种可以有的说法。但是据我看来并不如此。英国或者改进了，我不懂西洋事情姑且不谈，若是中国我觉得俞君宣的话还是不错。现在中小学生的生活是很不幸的一种生活，从前的学堂即是书房，完全没有统一的办法，都是由各家长的规矩各塾师的教法随便决定，有极严的也有很宽的，有的要读夜书到半夜，有的到傍晚放学就可以出去玩耍乱跑，有的用蒲鞭示辱法的打五下手心，有的用竹枝鞭背外加擦盐。那时学生是有幸有不幸，看他有没有运气得到贤父兄，就是恶父兄而得遇良师也就不会十分吃苦。所以在有洋式学校以前学生抱书包进学堂并不一定就落了监牢，虽然好机会固然未必很多，然而不多到底还是有。此刻现在，则此“有”似乎是有点不可得了。

我并不说现今的学校制度不及从前书房私塾好，也没有说学校怎样地凌虐学生，这当然是不会有的事。我只觉得现在的中小学校太把学生看得高，以为他们是三头六臂至少也是四只眼睛的，将来要旋转乾坤，须得才兼文武，学贯天人，用黎山老母训练英雄的方法来，于是一星期六天（自然没有星期以及暑假更好，听说也已有什么人说起过），一天八点十点的功课，晚上做各种宿题几十道，写大字几张小字几百，抄读本，作日记，我也背不清楚，各科先生都认定自己的功课最重要，也不管小孩是几岁，身体如何，晚上要睡几个钟头，睡前有若干刻钟可以做多少事。我常听见人诉说他家小孩的苦和忙于中小学功课与训练，眼看着他们吃受不下去。我想这种教育似乎是从便宜坊的填鸭学来的，不过鸭是填好了就预备烤了吃的，不必管他填了之后对于鸭的将来生活影响如何，人当然有点不同吧，填似可不必，也恐怕禁不起填。现行中小学制度的利弊会有也已有教育专家出来指正，外行人本可免开尊口，我只见了功课的繁重与训练的紧急觉得害怕，想起古人的话来，替人家惆怅，也深自庆幸，因为我已如斯替文生之不必再怕[①]去上学，而且又不信轮回的，所以也不必像俞君宣之怕须重抱书包也。

十一月。

**【锺校】**

①“怕”原作“也”。

# 孔德学校纪念日的旧话

我与孔德学校的关系并不怎么深，但是却也并不很浅。民国六年我来北京后便出入于孔德，十年在那里讲演过一篇《儿童的文学》，这已是十三年前的事了。以后教了几年书，又参与些教材的会议，近来又与闻点董事会的事情，这回学校纪念日要我写几句文章，觉得似乎不好推辞，虽我所能说的反正也总是那些旧话。

民国二十三年间教育宗旨不知道变成怎么样子了，然而孔德是有它的宗旨的，我相信这在现在也还是没有变。说什么宗旨，像煞有介事的，老实说就只是一种意思，想让学生自由发展，少用干涉，多用引导罢了。且莫谈高调空论，只看看普通幼稚园的办法就行，孔德学校的理论也只是一个园，想把学生当作树木似的培植起来，中国有句老话，十年树木，百年树人，原来也是这个意思。这件事情却是实实在在是

"难似易"。前两天我在一篇小文章里说过：

> 福勒贝尔（Froebel）大师的儿童栽培法本来与郭橐驼的种树法相通，不幸流传下来均不免貌似神离，幼稚园总也得受教育宗旨的指挥，花儿匠则以养唐花扎鹿鹤为事了。

这种情形悠悠者天下皆是，园艺之难得正鹄，盖可知矣。

我常想中国的历史多是循环的，思想也难逃此例。这不晓得是老病发作呢，还是时式流行，总之事实还是一样。有一时谈文化，有一时崇武力，有时鼓吹民主与科学，有时便恭维国粹与专制，三十年来已不知转了几个圈子。政客文人口头笔下乱嚷胡写，很是容易，反正说转去是那一套，翻过来又是这一篇，别无实际变化，落得永久时髦。苦只苦了实在办事的，特别是教育家。受教育者是人，人到底不是物件，不好像要猴似的朝三暮四地训练，而且人才也不是朝三暮四地训练所能成功的，这需要十年以至百年的确定的教育才行，而在中国不幸这是做不到。要说孔德特别怎么了不得原也未必，但它有一贯的意思，就是认定它教育的对象是儿童，儿童是什么，智力体力是如何，去相应的加以引导，如此而已。这个本来是很平凡的意思，但因此便使它要遇见多少困难，赶不上时髦还在其次，所以我觉得这是值得表彰的。譬如像广州那样，勒令小学生读那读不懂的唐明皇注本《孝经》，又如苏州那样，叫小学生站在烈日下举行什么礼仪作法考查会，结果是七十多个学生晕倒了五十多个，这种问题是正在沿着铁路爬，迟早会得遇见，要烦孔德费了种种①心思去对付的。

我想孔德从前千辛万苦的弄下来到了现在，此后自然还要继续地千辛万苦的再弄下去，那是不成问题的，我只想敬赠孔德的同事同学们一句话曰，“勿时髦”！我们仍旧认定我们教育的对象是儿童，要少干涉，多引导，让他们自由发展。一时即使外边扎成鹿鹤的松柏销场很好，但造房屋作舟楫的木料还是切要的，我们就无妨来担任这一部分冷落的工作。不过，这个很难，不及学时髦容易，所以大家还得要特别努力忍耐才得。

廿三年十二月。

【鄢校】

①“种种”原作“种”。

# 北大的支路

我是民国六年四月到北大来的，如今已是前后十四年了。本月十七日是北大三二周年纪念，承同学们不弃叫我写文章，我回想过去十三年的事情，对于今后的北大不禁有几句话想说，虽然这原是老生常谈，自然都是陈旧的话。

有人说北大的光荣，也有人说北大并没有什么光荣，这些暂且不管，总之我觉得北大是有独特的价值的。这是什么呢，我一时也说不很清楚，只可以说他走着他自己的路，他不做人家所做的而做人家所不做的事。我觉得这是北大之所以为北大的地方，这假如不能说是他唯一的正路，我也可以让步说是重要的一条支路。

蔡孑民先生曾说，“读书不忘救国，救国不忘读书”，那么读书总也是一半的事情吧？北大对于救国事业做到怎样，这个我们且不谈，但只就读书来讲，他的趋向总可以说是不错的。北大的学风仿佛有点迂阔似的，有些明其道不计其功的气概，肯冒点险却并不想获益，这在从前的文学革命五四运动上面都可以看出，而民六以来计划沟通文理，注重学理的研究，开辟学术的领土，尤其表示得明白。别方面的事我不大清楚，只就文科一方面来说，北大的添设德法俄日各文学系，创办研究所，实在是很有意义，值得注意的事。有好些事情随后看来并不觉得什么希奇，但在发起的当时却很不容易，很需要些明智与勇敢，例如十多年前在大家只知道尊重英文的时代加添德法文，只承认诗赋策论是国文学的时代讲授词曲，——我还记得有上海的大报曾经痛骂过北大，因为是讲元曲的缘故，可是后来各大学都有这一课了，骂的人也就不再骂，大约是渐渐看惯了吧。最近在好些停顿之后朝鲜蒙古满洲语都开了班，这在我也觉得是一件重大事件，中国的学术界很有点儿广田自荒的现象，尤其是东洋历史语言一方面荒得可以，北大的职务在去种熟田之外还得在荒地上来下一锄，来不问收获但问耕耘的干一下，这在北大旧有的计划上是适合的，在现时的情形上更是必要，我希望北大的这种精神能够继续发挥下去。

我平常觉得中国的学人对于几方面的文化应该相

当地注意，自然更应该有人去特别地研究。这是希腊，印度，亚剌伯与日本。近年来大家喜欢谈什么东方文化与西方文化，我不知两者是不是根本上有这么些差异，也不知道西方文化是不是用简单的三两句话就包括得下的，但我总以为只根据英美一两国现状而立论的未免有点笼统，普通称为文明之源的希腊我想似乎不能不予以一瞥，况且他的文学哲学自有独特的价值，据臆见说来他的思想更有与中国很相接近的地方，总是值得萤雪十载去钻研他的，我可以担保。印度因佛教的缘故与中国关系密切，不待烦言，亚剌伯的文艺学术自有成就，古来即和中国接触，又因国民内有一部分回族的关系，他的文化已经不能算是外国的东西，更不容把他闲却了。日本有小希腊之称，他的特色确有些与希腊相似，其与中国文化上之关系更仿佛罗马，很能把先进国的文化拿去保存或同化而光大之，所以中国治“国学”的人可以去从日本得到不少的资料与参考。从文学史上来看，日本从奈良到德川时代这千二百馀年受的是中国影响，处处可以看出痕迹，明治维新以后，与中国近来的新文学相同，受了西洋的影响，比较起来步骤几乎一致，不过日本这回成为先进，中国老是追着，有时还有意无意地模拟贩卖，这都给予我们很好的对照与反省。以上这些说明当然说得不很得要领，我只表明我的一种私见与奢望，觉得这些方面值得注意，希望中国学术界慢慢地来着手，这自然是大学研究院的职务，现在在北大言北大，我就不能不把这希望放在北大——国立北京大学及研究院——的身上了。

我重复地说，北大该走他自己的路，去做人家所不做的而不做人家所做的事。北大的学风宁可迂阔一点，不要太漂亮，太聪明。过去一二年来北平教育界的事情真是多得很，多得很，我有点不好列举，总之是政客式的反复的打倒拥护之类，侥幸北大还没有做，将来自然也希望没有，不过这只是消极的一面，此外还有积极的工作，要奋勇前去开辟人荒，着手于独特的研究，这个以前北大做了一点点了，以后仍须继续努力。我并不怀抱着什么北大优越主义，我只觉得北大有他自己的精神应该保持，不当去模仿别人，学别的大学的样子罢了。

“读书不忘救国，救国不忘读书”，那么救国也是一半的事情吧。这两个一半不知道究竟是哪一个是主，或者革命是重要一点亦未可知？我姑且假定，救国，革命是北大的干路吧，读书就算作支路也未始不可以，所以便加上题目叫作《北大的支路》云。

民国十九年十二月十一日，于北平。

# 后记



这半年来又写了三四十篇小文，承篠君的好意说可以出版，于是便结集起来，题上原有的名字曰《苦竹杂记》。《杂记》上本有小引，不过那是先写的，就是写于未有本文之先，所以还得要一篇后写的，当作跋或序，对于本文略略有所说明。

但是这说明又很不容易，因为没有什么可以说明，我所写的总是那么样的物事，一两年内所出的《夜读抄》和《苦茶随笔》的序跋其实都可以移过来应用，也不必另起炉灶的来写。这又似乎不大好，有点取巧，也有点偷懒。那么还只得从新写起来，恰好在留存的信稿里有几篇是谈到写文章的，可以抄来当作材料。其一，本年六月廿六日答南京阳君书云：

> 手示诵悉。不佞非不忙，乃仍喜弄文字，读者则大怒或怨不佞不从俗呐喊口号，转喉触讳，本所预期，但我总不知何以有非给人家去戴红黑

帽喝道不可之义务也。不佞文章思想拙且浅，不足当大雅一笑，这是自明的事实，唯凡奉行文艺政策以文学作政治的手段，无论新派旧派，都是一类，则于我为隔教，其所说无论是扬是抑，不佞皆不介意焉。不佞不幸为少信的人，对于信教者只是敬而远之，况吃教者耶。国家衰亡，自当负一份责任，若云现在呐喊几声准我免罪，自愧不曾学会画符念咒，不敢奉命也。纸先先生《震庚日记》极愿一读，如拟刊行，或当勉识数行。草草不尽。



红黑帽编竹作梅花眼为帽胎，长圆而顶尖，糊黑纸，顶挂鸡毛，皂隶所戴，在知县轿前喝道曰乌荷。此帽今已不见，但如买杂货铺小灯笼改作，便顷刻可就，或只嫌稍矮耳。其二是十月十七日晚与北平虞君书云：

手书诵悉。近来作文别无进步，唯颇想为自己而写，亦殊不易办到，而能减少为人（无论是为启蒙或投时好起见）的习气总是好事，不过所减亦才分毫之末耳。因此希望能得一点作文之乐趣，此却正合于不佞所谓识字读书唯一用处在于消遣之说，可笑从前不知实用，反以此自苦，及今当思收之桑榆也。

其三是十一月六日答上海有君书云：

来书征文，无以应命。足下需要创作，而不佞只能写杂文，又大半抄书，则是文抄公也，二者相去岂不已远哉。但是不佞之抄却亦不易，夫天下之书多矣，不能一一抄之，则自然只能选取其一二，又从而录取其一二而已，此乃甚难事也。明谢在杭著笔记曰《文海披沙》，讲学问不佞不敢比小草堂主人，若披沙拣金则工作未始不相似，亦正不敢不勉。我自己知道有特别缺点，盖先天的没有宗教的情绪，又后天的受了科学的影响，所以如不准称唯物也总是神灭论者之徒，对于载道卫道奉教吃教的朋友都有点隔膜，虽然能体谅他们而终少同情，能宽容而心里还是疏远。因此我看书时遇见正学的思想正宗的文章都望望然去之，真真连一眼都不瞟，如此便不知道翻过了多少页多少册，没有看到一点好处，徒然花费了好些光阴。我的标准是那样的宽而且窄，窄时网不进去，宽时又漏出去了，结果很难抓住看了中意，也就是可以抄的书。不问古今中外，我只喜欢兼具健全的物理与深厚的人情之思想，混和散文的朴实与骈文的华美之文章，理想固难达到，少少具体者也就不肯轻易放过。然而其事甚难。孤陋寡闻，一也。沙多金少，二也。若百中得一，又于其百中抄一，则已大喜悦，抄之不容易亦已可以不说矣。故不佞抄书并不比自己作文为不苦，然其甘[1]苦则又非他人所能知耳。语云，学我者病，来者方多。辄唠叨写此，以明写小文抄书之难似易，如以一篇奉投，应请特予青眼，但是足下既决定需要创作，则此自可应无庸议了。

以上这些信都不是为《杂记》而写的，所以未必能说明得刚好，不过就凑合着用罢了。我只想加添说一句，我仍旧是太积极，又写这些无用文章，妨害我为自己而写的主义，“畏天悯人”岂不与前此说“命运”是差不多的意思，这一年过去了，没有能够消极一点，这是我所觉得很可悲的。我何时才真能专谈风月讲趣味，如许多热心的朋友所期待者乎。我恐怕这不大容易。自己之不满意只好且搁起不说，但因此而将使期待的朋友长此失望，则真是万分的对不起也。

廿四年十一月十三日，知堂记于北平。

【锺校】

①“甘”原作“廿”。

**图书在版编目(CIP)数据**

苦竹杂记/周作人著作;锺叔河编订.—长沙:岳麓书社,2019.1
(2022.7重印)

ISBN 978-7-5538-0896-3

Ⅰ.①苦…　Ⅱ.①周…②锺…　Ⅲ.①杂文集—中国—现代
Ⅳ.①I266.1

中国版本图书馆CIP数据核字(2018)第035437号

KU ZHU ZAJI

**苦竹杂记**

周作人著作　锺叔河编订

特约编辑:鄢　琨

责任编辑:蒋　浩

责任校对:舒　舍

书籍设计:风格八号

岳麓书社出版发行

地址:湖南省长沙市爱民路47号

直销电话:0731-88804152　0731-88885616

邮编:410006

版次:2019年1月第1版

印次:2022年7月第3次印刷

开本:787mm×1092mm　1/32

印张:9.25

字数:150千字

印数:7 001—9 000

书号:ISBN 978-7-5538-0896-3

定价:28.00元

承印:长沙鸿发印务实业有限公司

如有印装质量问题,请与本社印务部联系

电话:0731-88884129